Amour, Botox® et trahison

Chloé Miller

Amour, Botox® et trahison

•MARABOUT•

Botox® est une marque déposée du laboratoire Allergan Inc.

Si vous vous promenez dans Manhattan, entre la Cinquième et Madison Avenue, vous serez surpris par ces femmes qui font du shopping par groupes de deux ou trois, se faisant déposer par des taxis, ou des chauffeurs pour les plus débrouillardes – ou les mieux mariées –, devant Sacks, Barneys et autres boutiques de luxe.

Si vous prenez le temps de vous attarder sur la silhouette de ces femmes, vous remarquerez deux choses : d'une part, elles se ressemblent toutes, et d'autre part, elles sont sans âge. Pas « hors d'âge », comme on le dirait d'un vieux malt ou d'un armagnac, ni « vintage » comme un jean ou un look ou un sac en croco – quoique… Non, ces femmes sont littéralement sans âge, sans âge du tout, en ce sens où elles n'ont pas un cheveu blanc (parce qu'elles cultivent toutes le même blond qui porte un nom de fraise), pas une ride (parce qu'elles fréquentent toutes le même gourou du Botox et autre acide hyaluronique), pas un kilo de trop (parce qu'elles ont toutes un abonnement dans la très hype salle de sport au huitième étage du New York Palace Hotel).

Parmi ces femmes sans âge, vêtues de slims et de bottes et arborant, à la manière des stars, des cabas oversize pour y enfouir leur lime à ongles, leur rouge à lèvres et leur portable (c'est drôle d'ailleurs comme plus les portables sont petits, plus les sacs sont grands), certaines ont vingt ans, d'autres quarante, certaines moins, d'autres plus... Le panel va en gros de l'adolescente précoce, treize ans, 80 A, dix centimètres de talons, à la jeune – forcément jeune – grand-mère, cinquante-cinq plus, un 90 B, pure silicone et les mêmes perchoirs, mais compensés, à cause de l'ostéoporose c'est plus prudent. Et tout ce petit monde fait les magasins bras dessus, bras dessous, en avalant – gloussant d'horreur devant le nombre de calories (létal, ma chérie, létal à mort !) qu'elles ont inscrit sur un petit carnet perdu au fond de leur it-bag – un gros bagel juteux gorgé de cream cheese. Sans oignon, pour l'haleine.

C'est là, dans ce saint des saints du shopping, et plus précisément dans le minuscule nail bar – un de ces bars à ongles qui ont éclos depuis quelques années pratiquement à tous les coins de rue de la Grosse Pomme – qui fait presque l'angle avec la Cinquante-Septième Rue, que l'on retrouve, tous les samedis après-midi, Fiona (quarante-six ans et cinquante et une semaines : architecte, célibataire pas très endurcie, aime son métier avant tout... et de moins en moins son corps. Ah ! Elle adore faire des courses avec sa fille, quand on les prend – encore – pour des sœurs) et sa fille Shirley (vingt ans, elle aime, dans l'ordre, Keith, ses amies, les doughnuts à la cannelle, le shopping et le noir... et parfois un peu sa mère). Toutes les deux sont blondes – couleur fraise, les cheveux ondulés jusqu'entre les deux bretelles de leur même soutien-gorge Victoria's Secret, rose poudré pour la fille, panthère pour la mère. Assorti au string, comme il se doit.

— Tu prendras bien encore un beignet à la cannelle, maman ? demande Shirley en mordant allègrement dans un doughnut avant de le tendre en direction de Fiona.

— Hum... ce n'est pas raisonnable, tout de même. Nous en avons déjà mangé un chacune...

Elle sort son carnet de son sac, un grand bazar en cuir tressé chocolat, dont la souplesse à elle seule annonce le prix et, pour l'observateur averti, la marque.

— Non, attends…

Fiona croque un morceau de la pâtisserie de sa fille en roulant des yeux coupables. Puis, d'un doigt expert, les commissures des lèvres encore poudrées de sucre glace, elle fait rapidement défiler les pages de son pense-bête, jusqu'à la lettre D.

— Doughnut, doughnut, voyons voir… Ah ! Voilà. Doughnut nature, non, c'est pas ça, doughnut à la vanille, non… Cannelle au sucre avec glaçage au chocolat, nous y voilà ! Ah non, il manque le truc, là, au milieu… Cannelle au sucre avec glaçage au chocolat et cœur moelleux caramel et beurre salé… Oh la vache !

Prise d'une quinte de toux, elle recrache le morceau qu'elle avait presque fini de mâcher, sous le regard horrifié de la brune sculpturale – mais au QI proche de celui du moineau, hein ? – qui, derrière elle, attend aussi son tour pour qu'on lui fasse les ongles.

— Oups… pardon.

Confuse, Fiona attrape un mouchoir en papier dans la boîte devant elle et s'essuie les doigts.

— QUATRE CENT SOIXANTE calories rien que pour ce… ce truc ! Mais c'est inhumain, quand même ! Tu ne trouves pas, chérie ? En plus, c'est même pas bon…

Prise à partie, Shirley qui elle, a l'air de trouver ça *très* bon, engloutit un autre beignet en haussant les épaules.

— Oui, enfin… quand c'est tout ce que tu as mangé depuis ce matin, à part tes galettes de riz et ton verre de chocolat au soja, ce n'est pas dramatique non plus !

Tout en suivant docilement la fille qui les installe, l'une à côté de l'autre, devant la tablette où officient deux manucures philippines en blouse blanche, Fiona rétorque :

— Tu sais très bien qu'à mon âge, il faut faire attention à tout…

Aaaaah ! pense Shirley qui lève les yeux au ciel. La voilà qui va repartir dans l'une de ses longues diatribes pontifiantes sur les grandes tendances nutritionnelles au vingt et unième siècle.

— … Mal gérés, certains aliments peuvent devenir de véritables bombes atomiques. Prends les graisses, par exemple, puisque avec tes doughnuts, là, on est en plein dedans : c'est plein d'acides trans. Et en plus, ils sont planqués, les fabricants ne sont même pas obligés de les mentionner sur les étiquettes. Mais enfin quand tu vois écrit « graisses végétales hydrogénées », tu sais que tu peux d'ores et déjà prendre tes jambes à ton cou. Au risque de ne plus pouvoir les faire entrer dans ces ravissantes bottes que tu m'as fait acheter et qui m'ont coûté une fortune. Soit dit en passant. Tu te rends compte, ces saloperies peuvent même te donner le cancer du sein ! Je sais, à ton âge, tu ne te sens pas encore concernée, mais tu verras quand tu auras le mien…

— Oui, oh, maman, ça va…, dit Shirley en bâillant, sans mettre sa main devant la bouche, ce qui a le don d'exaspérer sa mère.

— Et puis…, poursuit Fiona sur sa lancée, je n'ai pas *non plus* l'intention d'être toute striée de vergetures comme cette pauvre Minny, oh… il faudrait que je l'appelle, d'ailleurs, elle vient encore de se faire plaquer par son mec, la pauvre ! Il faut dire, entre nous, si elle ne ressemblait pas de plus en plus à un zèbre, entre les UV qui rendent sa peau toute noire, et les vergetures qui la rendent toute blanche, eh bien… peut-être qu'elle aurait un peu moins de mal à les garder, ses mecs !

Shirley lèche le sucre qui lui colle encore aux doigts, avant de les tremper dans la bassine remplie d'eau tiède.

— Hmm… tu sais… je ne voudrais pas dire, mais moi, je trouve que pour son âge, elle se tient encore pas mal, ta copine… quarante-sept ans, quand même ! Et puis il y a des hommes qui les aiment, les zèbres. Si, si, ça arrive. Je le sais, j'ai la mère d'une amie qui, elle, a carrément dépassé le stade du zèbre pour littéralement exploser (elle n'a plus de *forme*, tu devrais voir ça…) eh bien devine quoi ? Elle vient de se trouver un mec non seulement canon mais… de dix ans plus jeune qu'elle !

— Dis donc, je te remercie ! Fais attention à ce que tu dis, ma fille. Je te rappelle que moi aussi, j'ai quarante-sept ans, enfin presque, alors… Et puis un amant de dix ans de moins… quelle horreur ! Pourquoi ne pas le prendre à la sortie de l'école, tant qu'on y est ?

— Non mais je ne disais pas ça pour toi, ma petite maman, s'empresse de rajouter Shirley. Simplement, je voulais dire que le physique et l'âge, ce n'est pas tout, et qu'il y a – Dieu merci ! – des types qui n'y attachent pas plus d'importance que ça, et qui sont attirés par la vraie personne… tu vois très bien ce que je veux dire…

Dubitative, Fiona compare distraitement les essais de couleurs qu'on vient de lui poser. Rouge 680, comme Claudia, ou Totally Toffee 034.

— Tu préfères lequel ? demande-t-elle en agitant les doigts sous le nez de sa fille.

— Pour toi, je dirais plutôt le rouge. C'est mieux de rester un peu classique. À ton âge.

Tout en disant cela, la jeune femme opte pour deux couches de Black 999.

— Tu trouves que ça fait vulgaire ? Le noir, je veux dire…

— Pfff… Tu sais, avec toi… j'ai pris l'habitude de m'attendre au pire. Alors des ongles noirs, franchement… si ça peut te faire plaisir…

— Non mais ça fait goth, ou juste vulgaire ? À ton avis ?

— Si tu parlais de façon intelligible, je pourrais peut-être te le donner, mon avis, mais là… ça veut dire quoi… comment tu as dit, déjà ?

— Goth… pour gothique, quoi ! ma pauvre maman, si tu vivais avec ton temps, aussi…

Soufflant sur ses ongles pour qu'ils sèchent plus vite, Fiona regarde sa fille en souriant.

— Écoute, ma chérie. Si tu veux l'avis de la vraie personne qui est à l'intérieur de ma carcasse bien remplie mais par chance exempte de toute vergeture à l'âge canonique de quarante-sept ans moins des brouettes, je te dirai que le noir, là… à mon sens, ce n'est ni goth, comme tu dis, ni vulgaire… c'est juste… pas beau. Voilà.

Prise de court, Shirley regarde la main que la manucure est en train de lui faire, la dégage, la fait passer dans la lumière en bougeant les doigts.

— Hum…

Puis elle la retend à la fille en blouse blanche :

— Finalement, j'ai changé d'avis. Vous ne pourriez pas me les refaire en rouge 680 ?

— Comme votre maman ? fait la fille qui, sous ses airs de ne parler que le philippin, n'a manifestement pas perdu une miette de la conversation.

— Oui c'est ça. Comme maman ! confirme Shirley en bouillant intérieurement.

À vingt ans, elle en a assez qu'on la prenne encore pour une petite fille incapable d'afficher ses propres préférences. Ce n'est pas sa faute si sa mère, depuis toujours, a un flair infaillible pour déceler ce qui est du meilleur goût et si, à force de vivre avec elle, elle a développé le même style. Pourquoi se priverait-elle de ses conseils, puisqu'ils sont toujours justes ? Mais bon, même si c'est la vérité, ce n'est pas une raison pour le lui faire remarquer !

— Bon, fait Fiona en consultant sa montre. Tu veux que nous allions voir cette petite robe rose ? J'ai encore une heure devant moi avant d'aller découvrir le terrain où David envisage de me confier la construction de sa maison.

C'est le nouveau projet d'architecture de Fiona, elle vient de signer le contrat et en est tout excitée. Avant de prendre une retraite précoce et méritée et de se consacrer uniquement à sa collection d'art contemporain, David Stevenson (play-boy vintage, sexy dans le genre buriné, blindé et veuf, donc libre...) a fait fortune dans le sucre, à une époque ou le trading de matières premières permettait de faire plusieurs fois la culbute. Resté richissime malgré la crise, grâce à des investissements dans l'immobilier à l'étranger qui lui assurent de somptueux revenus, et à quelques transactions sur des œuvres d'art çà et là, David a décidé de confier à son amie de toujours la réalisation de son rêve : construire la maison qui défie la mort. Comme il prend un malin plaisir à l'expliquer à celles de ses connaissances qui ne sont pas encore assez sourdes pour ne pas l'entendre : à nos âges, il faut commencer à y penser... alors autant mettre toutes les chances de notre côté !

— C'est le David quc jc connais depuis que je suis toute petite ? Ton *vieux* copain David ? Il doit commencer à ne plus être tout jeune, dis donc, depuis le temps...

— Oui, enfin, n'exagérons pas quand même. Il a dans les cinquante, par là... une cinquantaine un peu ensoleillée par les chasses en Afrique et les plages de Long Island, c'est tout. Et son idée est absolument géniale. Je te raconterai.

Comme Shirley ne répond pas, absorbée par la rédaction d'un long SMS qui l'empêche de se figurer ce que peut être, comme dit sa mère fort joliment, une cinquantaine « ensoleillée », Fiona hèle un taxi.

— Alors, on y va ?

Shirley monte dans la voiture à la suite de sa mère.

— Oui ! Allons-y ! J'espère qu'ils les auront toujours, il paraît qu'elles ont fait un tabac, ces robes ! Mais on est d'accord, hein, maman, pas de crise de jeunisme : s'il y en a une en noir, c'est moi qui la prends. Toi, tu prends la rose. Qu'on ne se retrouve pas avec la même... au moins !

— Évidemment que je te laisse la noire. Je ne vais pas commencer à m'habiller comme une veuve !

— Tu as des nouvelles de papa, au fait ?

— Aucune… et toi ?

Après s'être remaquillée, Shirley fait claquer son poudrier d'un coup sec. Parler de son père (absent, attiré par le centre de gravité bas et le corps trapu des planchistes guatémaltèques… si, si, ça existe !), qui a quitté la maison lorsqu'elle avait trois ans pour aller vivre en Californie avec une championne de surf (gros seins, cul bas, écrit des recettes de beauté par les plantes depuis qu'elle est tombée de sa planche), lui donne toujours envie de refermer quelque chose d'un coup sec. Même si, dans la bataille, il a, grand seigneur un peu contraint, mais grand seigneur quand même, laissé à sa mère l'appartement sur Central Park et un capital suffisant pour vivre plusieurs vies.

— Aucune… Ah, si ! Il m'a fait un virement. C'est à ça que se limitent nos relations, ces derniers temps : le fric. Il paie le loyer de mon studio, et il m'envoie tous les mois de quoi vivre largement. Voilà.

— Au moins il respecte le jugement de divorce. Au bout de dix-sept ans, ce n'est déjà pas si mal. Dis-toi bien, ma chérie, que c'est tout ce que tu peux espérer en tirer.

— Je sais…

Shirley tapote ses lèvres avec un mouchoir en papier pour enlever l'excédent de rouge.

— …Mais quand même. Avoir un père qui ne soit pas uniquement un carnet de chèques, je me dis que ça doit être sympa, parfois !

*

* *

— Ouah ! *Chanmée*, la robe, Shirl !

Au milieu du café qui fait face au cinéma où elles ont l'intention d'aller voir *Twilight* pour la troisième fois – le baiser du vampire étant manifestement chez les jeunes femmes un fantasme comment dire… saignant –, Shirley, Eventia (grande blonde moins jolie que Shirley, ce qui lui permet d'être sa copine, mais qui a du chien) et Tatiana dite Tattie (parce qu'elle est petite et boulotte et qu'elle s'en fout, pas de concurrence de ce côté-là non plus) comparent leurs achats du week-end. Très fière de sa nouvelle acquisition, qu'elle a en effet trouvée en noir, et que sa mère n'a même pas pu acheter en rose car elle ne rentrait pas dedans, ce qui l'a beaucoup vexée (elle en avait les larmes aux yeux), Shirley n'a pas résisté à la tentation de l'enfiler avant de partir retrouver ses amies.

— Non mais alors là… elle est énooooorme !!!

— Tu veux parler de la robe, j'espère ? s'enquiert Shirley, pas très inquiète à vrai dire, en prenant des poses affriolantes sous l'œil effectivement affriolé d'une bande de consommateurs mâles assis en brochette devant le comptoir.

Ayant repéré le manège des garçons, pas très discrets dans leurs œillades plus lourdingues que suggestives, les trois filles partent d'un fou rire et affichent ostensiblement leur dédain en leur tournant le dos. Ce qui, dans le cas de Shirley, moulée dans sa nouvelle robe, n'a pour effet que de faire monter encore la température de quelques degrés. Sentant les regards posés comme autant de mouches sur son postérieur, elle tente de poursuivre avec ses amies une conversation détachée, tout en vérifiant furtivement par-dessus son épaule lequel des trois adonis est à ce point en train de perdre ses yeux. Si c'était le grand brun, ma foi… elle ne dirait pas non !

— Ben non, c'est l'autre…, glousse Tattie, devinant tout du manège de son amie. On a rarement de la chance, dans ces cas-là, tu sais bien !

— Quoi ? Ne me dis pas que c'est le rouquin avec le gros ventre ? Pouah ! susurre Shirley sans se retourner.

— Ben si…

Furieuse, Shirley prend son manteau et le met d'un geste rageur, avant de se rasseoir sur son tabouret.

— Je vais crever de chaud mais tant pis. Ce qu'ils peuvent être relou, alors…

— Ouais… enfin si ça avait été le brun, là, avec ses petits airs de Clooney… tu n'aurais pas dit non ! Je te connais, ma vieille ! Au fait, vous en êtes où avec Keith (yummi ! il n'y a qu'à voir les yeux des filles lorsqu'elles en parlent…) ?

À l'évocation de son ex, que ses amies ne savent pas encore être son ex parce que c'est tout frais de quelques heures – lui-même ne le sait pas d'ailleurs parce qu'elle ne le lui a pas encore annoncé, mais c'est décidé, cette fois-ci, elle le plaque –, ses yeux se mouillent de larmes. Eventia s'en aperçoit et lui prend le poignet.

— Ouh là, ma chérie. On a dit quelque chose qu'il ne fallait pas ?

— M'en parle pas, répond Shirley un peu vite, en clignant des paupières pour essayer de contenir son chagrin. Je l'ai viré ! Enfin, je ne l'ai pas encore tout à fait viré mais c'est imminent. Ce soir il dégage ! Vous vous rendez compte, il a, il a…

Incapable de terminer sa phrase, la jeune femme éclate en sanglots. Tattie et Eventia se lèvent comme un seul homme pour l'entourer et la prendre dans leurs bras. Elles savent parfaitement ce qui va suivre, elles connaissent la jalousie de leur amie, et surtout, elles n'ignorent rien de la détestable réputation de coureur de Keith, aussi polygame qu'il est magnifique. Un homme dont il vaut mieux ne pas tomber amoureuse, ce qui, cela ne fait aucun doute, est pourtant arrivé à Shirley. Émue par la gentillesse des filles, celle-ci redouble de larmes.

— C'était à l'anniversaire de Sophie (bonne copine, comme la suite tend à le prouver)… vous savez, je ne pouvais pas y aller parce que j'avais mes examens qui tombaient le lendemain et que ceux-là, il n'est pas question de les rater. À la fin de la troisième année, ils écrèment comme des malades dans cette université, alors soit on fait partie de ceux qui cartonnent, et qui passent... soit on est viré. C'est pas plus compliqué. Ils disent que ce n'est pas un concours, mais avec trente places disponibles en quatrième année pour trois cents élèves, je ne vois pas comment appeler ça autrement. Seul le haut du panier est pris, alors bon, si c'est pas un concours... Bref, je ne vais pas à la soirée, et Keith me dit que puisque c'est comme ça, il n'ira pas non plus, ça ne l'amuse pas, dit-il, de sortir sans moi. Le pire – c'est là où le type est vraiment dégueulasse, vous allez voir –, le pire, c'est que je lui ai dit « mais si, vas-y, ça va être sympa, elle fait toujours de super fêtes, Sophie ! » et il m'a répondu « mais non pas du tout, de toute façon j'ai du boulot moi aussi, je vais rester tranquillement chez moi... »

Mal à l'aise, Eventia et Tattie triturent sans s'en apercevoir les petites serviettes en papier dans la boîte en métal sur la table, puis s'attaquent aux cure-dents et aux tubes d'aspartam. La rumeur va vite, et sans savoir qu'il s'agissait du mec de leur amie, elles ont déjà entendu l'histoire.

— Bon. Alors je bosse comme une folle, je passe les exams, j'avais un peu la tête dans le guidon ces derniers jours, vous avez dû le remarquer... Tout ça pour dire que ce n'est qu'en me levant ce matin que je réalise que je n'ai même pas prévenu Soph que je n'irais pas à sa soirée – presque une semaine après, il est temps de s'en apercevoir ! Je prends mon téléphone en me disant, oh ! merde ! qu'est-ce que je vais pouvoir trouver comme excuse, elle qui a horreur qu'on lui fasse faux bond, il faudrait quand même que je me creuse la nénette rapidos pour trouver un truc qui tienne la route... Du coup, j'opte pour le mensonge *facile* : « euh, So, euh... excuse-moi de ne pas être venue à ta fête l'autre jour mais... hum... c'est Keith, je ne sais pas ce qu'il a attrapé, mais il n'a pas été bien du tout la semaine dernière et j'ai dû rester avec lui. Je ne pouvais pas le laisser tout seul, tu comprends ! En plus, ça tombait pile poil au moment de mes exams, alors tu vois le tableau… un mec au fond de son lit quand toi, tu dois être au top de ta forme pour réviser, mais bon, il faut savoir ce qu'on veut aussi… »

Shirley se ressert du café, boit une gorgée et le recrache en faisant la grimace. Déjà, chaud, ce n'est pas terrible, mais alors froid… Elle fait un geste à la serveuse en petit tablier rose bordé de turquoise, la couleur de la bordure assortie à son chapeau ridicule, pour qu'elle revienne avec son pot remplir les tasses.

— Je n'ai pas réalisé tout de suite, mais il y a eu un blanc au bout de la ligne… « T'es toujours là ? » j'ai demandé, pensant que nous avions été coupées, ou que, vexée, Sophie avait raccroché. Elle en est parfaitement capable, vous savez, elle prend la mouche pour un rien, cette fille, ce qu'elle peut être soupe au lait ! Mais non, elle était là et bien là. Elle était juste en train de reprendre son souffle avant de balancer son Scud. « Oh ! Mais il avait l'air tout à fait rétabli, ton Keith, ma chérie ! Et puisque tu te le demandes, moi je sais ce qu'il a attrapé : il a attrapé cette bombasse de Daphné, tu sais, celle qui travaille dans l'immobilier et qui lui court après depuis… »

— Merde ! Mais quelle salope, cette fille. Sophie, je veux dire. Quelle salope, elle n'était pas obligée de te le *dire*, non plus ! s'indigne Eventia.

— Oui, enfin, la Daphné, elle n'est pas blanc-bleu non plus. Elle savait très bien que Keith était maqué…, renchérit Tattie à juste titre.

Shirley se mouche bruyamment. Elle n'en a pas fini avec son histoire.

— Alors là, avec sa cervelle de colibri, c'est même pas sûr qu'elle ait capté. En plus, elle pourrait être sa *mère*, les filles, vous vous rendez compte ! Elle a au moins trente-cinq balais ! C'est quoi, ces bonnes femmes gorgées de lucre et d'expérience qui viennent nous piquer nos mecs ? Elles ne peuvent pas s'en trouver un de leur âge ? Ce n'est quand même pas ça qui manque, merde !

— Bah, tu connais le problème, Shirl…, intervient Eventia. Le choix devient plus limité… Les mecs de leur âge, comme tu dis, qui ne sont pas mariés, ou bien ils sont pédés, ou bien il y a un truc qui va pas. Dans les deux cas, ce n'est pas de la super came pour elles…

— Et puis les petits, elles les font fantasmer ! Ils adorent ça, les mecs de vingt ans, une vraie femme mûre et bien gaulée qui va leur apprendre des trucs.

Bien qu'ils aient fini leurs consommations depuis un moment, les trois types au bar n'ont pas bougé d'un iota et semblent prendre un plaisir non dissimulé à écouter la conversation.

— Non mais qu'est-ce qu'ils sont lourds, ces trois-là, alors ! dit Tattie, suffisamment fort pour être entendue. Eux aussi, ils auraient besoin d'apprendre des trucs, tiens. À commencer par NE PAS ÉCOUTER AUX PORTES, HEIN ?

Penauds d'avoir été découverts, les types piquent du nez dans leurs verres vides, avant de payer rapidement leur addition et de s'en aller. Lorsqu'ils passent devant leur table, les filles reconnaissent parmi des grognements inaudibles des « pétasses » et des « grognasses », et même un « blondasses, va », entre autres noms d'oiseaux qui croassent.

— Non mais alors ! gronde Tattie, satisfaite. Y'a plus moyen d'être tranquilles, maintenant !

— Bon, les filles… Pour Keith… Qu'est-ce que je fais ? pleurniche Shirley.

C'est toujours la même question. Doit-on rompre avec l'homme qu'on aime parce qu'il est infidèle ? Les hommes ne sont-ils pas de toute façon *structurellement* infidèles ?

— Écoute, commence Tattie, calmée. Si tu l'aimes, donne-lui une chance. Il a voulu se faire une vieille, et alors ? Je sais que c'est désagréable, et que ça fait mal, et que tu te sens misérable parce que ça te renvoie une mauvaise image de toi. Mais dis-toi que c'est un accident de parcours, qu'est-ce que tu veux qu'il aille faire avec une fille pareille, à terme ? Tu vas voir sa tête, quand on commencera à murmurer et à glousser sur son passage, et à le traiter dans son dos de gigolo.

Eventia lui donne un coup de pied sous la table et elle se reprend.

— Et puis attends… moi, ce que je te décris, là, c'est le pire. Parce qu'à mon avis, tu ne verras jamais sa tête parce qu'il n'en arrivera jamais là. À l'heure qu'il est, ton Keith, il a tiré sa vieille, et encore, c'est même pas sûr, et si c'est le cas il doit s'en mordre les doigts. Et prier pour que tu ne l'apprennes jamais. Il sait que tu sais ?

— Ben non…

— Ben voilà… alors mets ton mouchoir par-dessus et oublie. Tu n'as qu'à considérer ça comme un rite initiatique ! Vous vous voyez ce soir ?

— Plus… On devait, mais j'étais furieuse et j'ai annulé. Je voulais profiter du fait qu'on soit toutes les trois ensemble pour le larguer par SMS.

— Alors ne le fais pas, assène Tattie, autoritaire, en prenant les choses en main. Envoie-lui un texto si tu veux, mais pour savoir où il est et lui dire que finalement, tu as réussi à te libérer…

— Non mais tu rêves ? Je ne vais pas m'aplatir devant ce connard alors que je sais pertinemment qu'il m'a trahie…

Incapable de parler, la gorge nouée, Shirley fond de nouveau en larmes. Eventia la serre dans ses bras.

— Écoute, dit-elle doucement. Qu'est-ce que tu as envie de faire, au fond de toi… Tu as envie de le voir, non ?

Shirley fait oui de la tête.

— Alors qu'est-ce que tu attends ? Envoie-lui un texto, sèche tes larmes et file !

À ce moment-là, le portable de Shirley se met à vibrer. Machinalement, elle ouvre le message et son œil s'éclaire.

Keith : Tu ne veux vraiment pas qu'on se retrouve au Tribeca à 19 heures ?

Les trois filles se penchent sur l'écran.

— Dis donc, quand on parle du loup…

— Ben réponds !

Shirley hésite, regarde ses amies qui l'encouragent d'un geste de la main. S'apercevant, dans un éclair subliminal, qu'elles ont toutes les deux du vernis noir, ce qu'elle n'avait pas remarqué en arrivant, elle note mentalement de se refaire les ongles avant son rendez-vous avec Keith si elle ne veut pas se faire traiter de dadame. Pas une très bonne idée finalement d'avoir changé d'avis en cours de route et d'avoir opté pour la même couleur que sa mère. Puis elle se met à taper.

Shirley : OK, mais plutôt 20 heures. Je dois passer me changer.

Regonflée, elle quitte le groupe dans un sourire. En plus, se dit-elle, elle a fait l'économie d'une scène de jalousie et de quelques litres de larmes supplémentaires. Et l'honneur est sauf. Enfin presque !

*
* *

Fiona, 4 novembre.

Je suis embêtée par cette histoire de petite robe rose. Non, pas embêtée, pire : je suis vexée comme un pou, oui ! En plus, je me suis ridiculisée dans cette boutique, ils ont dû me prendre pour une vieille pathétique qui refuse de faire son âge… j'ai vraiment honte. Et cette pimbêche de Shirley qui, derrière le rideau de sa cabine d'essayage, n'en perdait pas une miette j'en suis sûre, et n'a pas levé le petit doigt pour empêcher sa pauvre mère (en l'occurrence, moi) de se mettre dans le guêpier dans lequel je me suis fourrée… pas plus qu'elle n'a fourni le moindre effort pour m'en sortir.

Ça a commencé au moment même où je suis entrée dans le magasin, précédée de Shirley qui, elle, n'a récolté que des regards admiratifs, voire quelques sifflements étouffés, de la part des vendeurs. Des petites frappes tatouées et bodybuildées, mais en petit, vous voyez ce que je veux dire... des petits hommes avec des petits muscles à leur échelle, parfaitement dessinés mais pas franchement virils, malgré leurs tatouages. Parce que pour ce qui est d'être tatoués, ils l'étaient, il y en avait même un, on aurait dit une vraie bande dessinée ! J'ai toujours eu horreur de ça, les bandes dessinées... Je me demande d'ailleurs pourquoi on les appelle des « comics », alors que ça n'a rien de drôle.

Bref, je rentre dans le truc, Shirley choisit sa robe, en noir, et les types m'ignorent. Ils ne me demandent même pas s'ils peuvent m'aider, si je veux voir quelque chose, non. Ils m'ignorent. Carrément. Non, j'exagère. Avant de m'ignorer, mais ça, mon esprit sélectif a préféré l'oublier, ils m'ont donné, quand je suis arrivée, du « bonjour madame » en veux-tu en voilà. Me classant d'emblée dans la catégorie vieille-pas-concernée-par-nos-produits... histoire de bien me faire comprendre que je ne faisais pas partie de leur cœur de cible. Puis ils m'ont ignorée.

Alors quand j'ai commencé à regarder la même robe que Shirl, en rose, et que j'ai attrapé au passage un des petits vendeurs pour lui demander s'il avait ma taille, il m'a toisée bizarrement de haut en bas, puis de bas en haut, et retour, et il a pris un drôle d'air :

— Votre taille euh... c'est pour vous ???

La question qui tue.

— Évidemment que c'est pour moi. Je ne vous demanderais pas ma taille si c'était pour une autre personne, il me semble que ça va de soi, non ? j'ai dit, sur un ton professoral que j'ai tout de suite regretté, tellement il ne me rajeunissait pas.

Le type a haussé les épaules.

— Je ne sais pas... Pour vous... Essayez plutôt la noire. Le rose, vous savez, passé vingt ans ça fait un peu, euh... je ne sais pas, moi... un peu Barbara Cartland !

Là, franchement, je me suis marrée. Même si se faire traiter de Barbara Cartland n'est pas, comment dire, le it-compliment, les références littéraires du type m'ont fait sourire. Pendant ce temps, il était allé farfouiller dans sa réserve et en était revenu avec la robe, en rose, qu'il m'a tendue, contrit et même un brin désespéré, en soulignant que j'avais de la chance, c'était la dernière, mais que comme c'était la dernière, il n'avait pas plus grand. « Mais bon, ça taille bien, ça fait quand même un bon 42 ! » a-t-il éprouvé le besoin d'insister.

Et évidemment, j'ai eu beau contracter tous mes muscles en expirant au maximum... je ne rentrais pas dedans. J'en avais les larmes aux yeux.

*

* *

5 novembre 19 h 12

De : Shirley@manhattan.com

À : Tatiana@girlpower.us

Cc : Eventia@dreamalittledream.com

Objet : ma mèèèèèèère !

Bon, je tape ça en vitesse pendant que mes ongles sèchent, j'ai remis deux couches de noir, comme vous, les filles, c'est ce que j'aurais dû faire dès le début au lieu de me laisser monter le bourrichon par ma mère... Et après je file rejoindre Keith... Le cirque qu'elle leur a fait, ma mère, aux types du magasin, hier. Et vous ne l'avez pas en rose ? la même ? oui, la même... la même que votre fille ? oui, la même que ma fille et puis cessez d'être désagréable, vous, dans les magasins convenables on nous prend pour des sœurs... Ah..., le type a fait, en apparence dubitatif mais j'ai bien vu qu'intérieurement, il était mort de rire. C'est pour ça qu'il s'est précipité dans la réserve, pour se planquer et arriver à se refaire un visage sérieux de vendeur modèle. Modèle mais pas convenable, comme dans une boutique convenable, je veux dire.

Merde ! Déjà 7 heures et quart... faut que je me grouille !

Je voulais vous le raconter avant de partir... et avant d'oublier !

Ciao, les girls ! Pensez à moi très fort !

5 novembre 19 h 17
De : Tatiana@girlpower.us
À : Shirley@manhattan.com
Objet : re
Girl power, ma belle !
Yo !

Shirley s'observe dans la glace. Il n'y a pas à dire, depuis qu'elle fréquente régulièrement le huitième étage du Palace Hotel, et surtout depuis que, deux fois par semaine, elle se fait coacher par Cristelle (tyran sous des airs angéliques), petite blonde rigolote qui, par ses plaisanteries et ses mimiques hilarantes, lui fait presque oublier les tortures qu'elle est en train de lui infliger – trois cents abdos, trois séries de trente fessiers plus un maintien, des dips à haute dose pour éviter les bras qui font floc floc, des pompes pour les pecs, sans compter les innombrables machines par lesquelles elle la fait passer –, Shirley est ce qu'on pourrait raisonnablement appeler une bombasse. Les vieilles n'ont qu'à bien se tenir. En particulier celles qui travaillent dans l'immobilier.

Qui plus est, sa nouvelle robe met en valeur ses fesses parfaites, rondes et galbées par les exercices, sa cambrure de déesse noire et la courbe douce de ses seins, qu'elle a si laiteux, dixit un de ses anciens petits amis, qu'ils tirent l'œil. Ah oui. Parce que Shirley a hérité des origines irlandaises de sa mère, de ses yeux bleus tirant sur le turquoise, et de sa peau blanche et veloutée. Qui s'accordent parfaitement avec son blond fraise, même si parfois elle se demande si elle ne va pas passer outre les cris de son coiffeur qui ne jure que par le « strawberry », et revenir à sa couleur naturelle, un auburn pas si mal après tout.

À 8 heures pile, elle est devant le Tribeca Grill, le restaurant de Robert De Niro. Par la fenêtre, elle aperçoit Keith accoudé au bar, en train de regarder la carte des cocktails. Elle demande au taxi de se garer de l'autre côté de la rue et attend dix minutes en relisant ses e-mails sur son portable, une règle à laquelle elle ne déroge jamais lorsqu'elle a rendez-vous avec un garçon : avoir entre dix et quinze minutes de retard, histoire de le faire mariner un peu et de lui montrer, d'emblée, qui mène la danse. Elle n'a pas l'intention de se faire traiter comme son père a traité sa mère, ce qu'elle n'a pas vraiment pu constater par elle-même compte tenu de l'âge qu'elle avait quand il est parti, mais qu'elle a souvent – et longuement – entendu raconter. D'ailleurs, ça non plus, elle ne le veut pas : comme sa mère, vivre dans le souvenir amer et dans la blessure infligée par un homme qui l'a quittée il y a des années. Alors autant se protéger un peu, idéalement en évitant de tomber amoureuse, ce qui, dans le cas présent, est mort : elle est raide dingue de ce type qui commence à s'impatienter de l'autre côté de la vitre et elle en a pleinement conscience. Ne lui reste que la deuxième solution, qui est d'éviter de trop le montrer.

— Hello !

En la voyant se frayer un chemin dans la foule bruyante qui sirote un apéritif en attendant une table, Keith commande au barman deux chardonnay bien frais, qu'il sait être le vin préféré de son amie. Lorsqu'il lui tend son verre en souriant, Shirley ne peut s'empêcher de se demander s'il a eu le temps de connaître le vin préféré de l'autre pétasse, là... la Daphné. Mais, désireuse de passer une bonne soirée, et de ne surtout pas se laisser polluer par le souvenir de l'*autre* – après tout elle a décidé de se convaincre que ce n'était qu'un incident –, Shirley chasse de son esprit ces idées noires – et dangereuses – et rend au jeune homme son sourire. Un sourire radieux qui illumine tout son visage et contre lequel il est totalement désarmé. C'est avec ce sourire-là qu'elle a attrapé Keith la première fois, et il le fait fondre à tous les coups.

— Ça fait plaisir de te voir, j'ai pas compris, j'ai cru que tu me faisais la gueule quand j'ai reçu ton message tout à l'heure ! Je suis content que tu aies pu décommander ton autre rendez-vous, là... au fait, tu avais vraiment quelque chose de prévu, ou c'était juste pour m'embêter ?

Sans répondre, Shirley sourit de tant de perspicacité et finit son verre d'un trait avant de suivre le maître d'hôtel qui les accompagne jusqu'à leur table. Elle pose la carte sans l'ouvrir à côté d'elle, elle aime bien s'en remettre au choix du garçon qui l'accompagne et dans ce domaine, Keith a particulièrement bon goût, ou en tout cas des goûts qui s'accordent parfaitement aux siens. Après avoir commandé, des coquilles Saint-Jacques à l'orange et une sole, le tout accompagné du même chardonnay que celui qu'ils viennent de déguster, Keith prend la main de Shirley et plonge ses yeux dans les siens.

— Shirl... il faut que je t'avoue quelque chose...

Et merde, pense-t-elle. Ce n'est pas lui, alors que moi je fais tout mon possible pour chasser l'épisode pétasse de mon esprit, ce n'est pas lui qui va mettre le sujet sur le tapis. Qu'il se soit laissé faire, qu'il ait commis une erreur, juste une fois, passe encore – enfin, c'est vite dit, ça ne passe pas si facilement que ça *non plus* ! Mais qu'il aille en plus s'épancher, genre j'ai fait une bêtise et j'aimerais bien la partager avec toi tu comprends, parce qu'à deux c'est moins lourd à porter... parce que je préfère que tu l'apprennes de ma bouche plutôt que par la bande (trop tard, si tu savais !)... parce que, au fond de moi je suis fier d'avoir séduit une vraie femme et que mine de rien je ne résiste pas au fait de te le faire remarquer... parce que faute avouée est à moitié pardonnée... parce que...

— Quoi ?

Bon, pour le ton, on repassera. Surprise elle-même par l'aboiement, parce qu'il n'y a pas d'autre mot, qui vient de sortir de sa bouche, Shirley met la main devant ses lèvres et roule des yeux navrés comme une Japonaise effarouchée. Moins le gloussement. Keith la regarde sans trop comprendre.

— Non mais attends… j'ai encore rien dit et tu t'énerves !

Il lui verse un verre de vin.

— Ça ne t'intéresse pas de savoir ce que j'ai à te dire, ben merde alors ! Pour une fois que je prenais mon courage à deux mains pour parler à une fille…

Sur Keith, il faut donner quelques détails : il a vingt-deux ans mais en paraît dix-neuf (même si les garçons de dix-neuf en paraissent de plus en plus souvent vingt-deux, ce qui fausse un peu la démonstration, mais bon, le fait est que Keith fait plus jeune que l'idée qu'on se fait d'un mâle de son âge, ceci dû en grande partie à son absence quasi-totale de poils), il est absolument magnifique dans le genre brun aux yeux bleus (prenez James Blunt et vous avez le portrait), et brillant, ce qui ne gâche rien. À vingt-deux ans qui en font dix-neuf, donc, il vient de terminer son master à l'université de Columbia, dans la section cinéma, et a été remarqué par Spielberg qui envisage de le prendre dans son équipe pour le tournage de son prochain film. Alors forcément, il est l'objet de convoitises féminines multiples, et Shirley n'a qu'à s'accrocher.

C'est ce qu'elle semble se dire d'ailleurs, avant d'expliquer d'une voix radoucie :

— Excuse-moi, c'est… euh… tout ce bruit !

Elle prend la main qu'il avance vers elle sur la table et le regarde, se demandant comment il va se débrouiller pour lui annoncer que 1, il était à la soirée de Sophie alors qu'il lui avait dit qu'il n'irait pas et que 2, il en a profité pour se taper cette… cette Daphné.

— Ça te dirait de venir habiter avec moi, Shirl ?

— Grumph…

Étonnée, c'est le moins qu'on puisse dire, s'attendant à tout sauf à *ça*, Shirley ne peut cacher sa surprise et ça donne… grumph. Heureusement, les petits pains sont là pour faire croire qu'elle s'est étranglée avec une miette !

— Pardon euh… une miette, là…

Shirley refait quelques grumph – trois, exactement – pour confirmer la théorie de la miette, et boit quelques gorgées de chardonnay.

— Qu'est-ce que tu as dit ?

Impassible maintenant qu'il a craché le morceau une première fois, c'est toujours la première fois la plus difficile, dit-on, Keith reprend la main de Shirley et repose sa question :

— Je voulais savoir si ça te dirait de venir habiter avec moi. Mon coloc' s'en va dans quinze jours pour les vacances de Noël, et il ne revient pas après. Il vient de décrocher un contrat de trois ans à Londres. Tu te rends compte, ce type vient juste de terminer son diplôme et hop, une des plus grandes banques de la City le prend, direct.

— C'est comme toi, ne peut s'empêcher de renchérir Shirley, dont les yeux scintillent d'admiration – voire d'adoration. Tu viens juste de finir ton master et hop, comme tu dis… y'a Spielberg qui te demande de bosser sur son prochain film. C'est du même ordre, tu sais…

Flatté même s'il n'en laisse rien paraître, mais flatté quand même – les hommes adorent les compliments, surtout lorsqu'ils émanent de la jolie fille à laquelle ils sont en train de faire une déclaration, car il s'agit bien là d'une déclaration, qu'on ne s'y trompe pas –, Keith ajoute :

— C'est pas ça la question… Merci beaucoup, hein, j'entends et j'apprécie ce que tu me dis, mais ce n'est pas le sujet pour l'instant. Alors ?

Shirley n'en croit pas ses oreilles. Et n'a pas vu non plus arriver les coquilles Saint-Jacques, qui commencent à se noyer dans leur sauce à l'orange. Du bout de sa fourchette, elle en pique un morceau, qu'elle goûte avec suspicion. Pas mal, tiens. Bien mieux qu'elles n'en ont l'air. Comme quoi, encore une fois, il ne faut jamais se fier aux apparences. Un signe ?

— Tu me demandes si je viendrais vivre avec toi ? Tu voudrais que moi, je vienne vivre avec toi, dans la maison que tu partages avec ce type brillant qui s'en va parce qu'il a obtenu un job dans la finance ? C'est bien ça ?

— Euh... ben oui, répond Keith, perdant de son assurance tout d'un coup et se demandant où sa petite amie veut en venir.

Il finit d'un trait son verre de vin, et se ressert pour se donner du courage.

— Tu sais, Shirl... j'ai beaucoup réfléchi. Je croyais que je ne voudrais jamais habiter avec une fille, parce que je n'ai pas envie de m'engager, que je veux garder ma liberté et tous ces trucs que disent les mecs de mon âge, les mecs de tous âges, d'ailleurs, si l'on en croit ce qu'on entend... Mais en fait... grumph...

À lui le coup de la miette ! Il boit deux gorgées de vin et ça va mieux.

— Je crois que j'aimerais vivre avec toi, Shirley. Je me suis aperçu que je tenais à toi plus qu'à une simple petite amie et... oh, et puis merde ! Je suis amoureux de toi, Shirl. Voilà.

Voilà. Il va falloir répondre, maintenant. Dans la tête de Shirley, les envies se bousculent. D'un côté, ce qu'elle vient d'entendre la rend folle de bonheur et ses yeux brillent lorsqu'elle ose enfin regarder Keith. Mais elle n'est pas prête à sacrifier sa liberté, précisément, qu'elle vient à peine de conquérir en emménageant dans son studio. Elle quitte tout juste l'appartement de sa mère, ce n'est pas pour se retrouver déjà dans celui d'un *mec*. Oui, mais ce mec, c'est Keith. Et elle entend d'ici ses copines : « Quoi ? Le plus beau mec de New York te demande de venir habiter avec lui et tu fais ta fine bouche ? Mais tu es complètement folle, ma pauvre ! » Hum. Et elle entend la petite voix de Tattie, toujours prête à imaginer le pire : « Si tu n'y vas pas, une autre n'hésitera pas à prendre la place, alors si j'étais toi… » La Daphné, par exemple. À cette idée, sa liberté lui paraît dérisoire, et même inutile. Pourquoi ne pas sauter le pas, après tout ? Elle caresse les doigts de Keith et les serre dans les siens, prête à donner libre cours à son émotion. Mais il faut se ressaisir. Ne pas lui montrer…

— Écoute… Si c'est ça que tu veux euh… je ne sais pas quoi dire…

— Dis oui…, suggère Keith avec son sourire désarmant.

— Alors, c'est oui. Bien sûr que c'est oui ! Mais un oui tout seul, comme ça, après tout ce que tu viens de me dévoiler… c'est un peu court, non ?

Keith se penche au-dessus de la table pour l'embrasser.

— Tu as dit oui. Et ça suffit pour faire de moi le plus heureux des hommes !

Il hèle le serveur en levant le bras.

— Garçon ! Une autre bouteille de chardonnay, s'il vous plaît. Mademoiselle et moi avons quelque chose à fêter !

*

* *

Elle n'est pas belle à regarder, Fiona, ce matin. Jamais elle n'aurait dû accepter de rester dîner avec David, mais il avait réservé dans ce restaurant français un peu désuet qu'elle adore, La Côte Basque, et il avait l'air si content de la voir qu'elle n'avait pas eu le cœur de refuser.

« Depuis le temps, avait-il dit, ça fait au moins un an que tu ne m'as pas fait l'honneur de dîner avec moi, hein, petite friponne ! S'il faut que je te donne des chantiers, maintenant, pour espérer te croiser, crois-moi, celui-là, je ne suis pas près de te laisser le terminer ! » Elle avait éclaté de rire, elle adorait qu'il l'appelle petite friponne, il n'y avait que lui pour se permettre une telle familiarité mutine. Même si, de familiarité justement, non, d'intimité plutôt, il n'y en avait jamais eu entre eux. À la mort de son épouse, sept ans plus tôt, David avait bien essayé quelques travaux d'approche, aussi maladroits qu'ils étaient sincères, tant lui, habituellement si sûr de lui, était intimidé par cette belle femme de quarante ans qui semblait tout assumer, son job, sa maison, sa fille, une vie sociale remplie et d'occasionnels « one night stands », des coups d'un soir qu'elle lui racontait volontiers en riant, n'y accordant pas plus d'importance que cela, et qui le rassuraient plus qu'ils ne l'inquiétaient. C'est parce qu'elle n'a pas encore trouvé le bon, se disait-il, en espérant tout bas que ce serait lui, le bon. D'autant qu'il sentait chez son amie, sous la légèreté qu'elle affichait, une vulnérabilité et une tristesse de n'avoir retrouvé, après l'échec de son mariage, personne à qui s'attacher. Alors il avait tenté sa chance, envoyant des fleurs de plus en plus rouges accompagnées de mots de plus en plus tendres, l'invitant à dîner pour un oui ou pour un non, au concert, aux expositions, à l'opéra et même en week-end, « en tout bien tout honneur », chez des amis qui avaient une magnifique maison à Martha's Vineyard... jamais en tête à tête.

Elle s'y était prêtée de bonne grâce, jusqu'au jour où, dans un dîner qui réunissait une faune un peu arty, son voisin de droite, Lindsay Peters (un ange, comme aurait dit Shirley, qui appelait ainsi les petits et laids), galeriste assez connu pour pouvoir se faire photographier dans la presse avec des lunettes noires, ne sachant pas qui elle était, avait raconté comme le dernier ragot dont la ville était friande que David Stevenson, *le* grand David Stevenson, collectionneur avisé et financier non moins talentueux puisqu'il était jusqu'à présent passé entre les gouttes de la crise, entretenait une poule qui se prétendait architecte. « Ouais..., avait surenchéri un autre convive. On sait ce que c'est, toutes ces potiches qui n'ont jamais bossé de leur vie et qui font les décoratrices d'intérieur dans le seul but de dégotter un pigeon. C'est comme celles qui se disent négociatrices dans les agences immobilières ! »

Amusée avant d'être carrément furieuse – elle n'imaginait pas que dans une assemblée de gens prétendument intelligents et cultivés, il pût se trouver de tels gougnafiers –, Fiona avait laissé dire avant de planter ses yeux dans le regard déjà pas mal aviné de son voisin et de lui lancer : « Ah ! Mais vous savez, je la connais très bien, cette poule, comme vous dites. Elle s'appelle Fiona. Comme moi. Fiona McGregor, comme moi, en fait… parce qu'il *s'agit* de moi ! Et elle est vraiment architecte, elle donne même des conférences sur le design contemporain à l'université de Columbia, si vous voulez tout savoir. Et mis à part le fait qu'elle gagne sa vie, elle a abondamment saigné son ex-mari lors de son divorce alors sur ce plan-là aussi, tout va très bien pour elle, merci beaucoup. S'il y a dans cette salle *une* femme qui n'a ni le besoin ni l'envie de se faire entretenir par le *grand* David Stevenson, comme vous dites encore, c'est bien elle. »

Autour de la table, le silence s'était fait, et les méchantes langues imaginaient déjà mentalement le potin qu'elles allaient pouvoir s'empresser de colporter, dès le dîner terminé. Fiona s'était levée, avait salué tout ce petit monde de la part de son ami David… et, sous le regard éberlué de la maîtresse de maison qui, elle avait beau se creuser la tête, ne voyait tout simplement pas comment rattraper le coup, elle était partie en claquant la porte. Et à peine arrivée en bas de l'escalier, s'était mise à pleurer. Elle n'était pas si forte au fond.

Elle avait beau se moquer de la rumeur – du moins, c'est ce qu'elle disait à l'époque (elle a compris depuis que ce n'est pas si simple et que la rumeur, il faut la gérer) –, elle avait raconté l'épisode à David avec encore un reste de colère dans les yeux, en concluant qu'il serait peut-être préférable, pour leurs réputations respectives, qu'on ne les croise pas trop ensemble pendant quelque temps. Le pauvre avait vu ses espoirs s'envoler et n'avait plus jamais osé faire la moindre allusion à une possible histoire entre eux… et une tentative, encore moins. Mais, s'ils ne se voyaient plus beaucoup, leur amitié était restée intacte et ils continuaient de se parler souvent. C'est au cours de l'un de leurs longs échanges téléphoniques que David lui avait raconté comment il imaginait la maison qu'il envisageait de se faire construire pour ses vieux jours, un concept d'architecture révolutionnaire déjà mis à l'épreuve par Madeline Gins et Shusaku Arakawa, deux artistes passablement déjantés, qui, d'après lui, permettrait de lutter contre le vieillissement et la mort. Et il avait insisté pour que ce soit elle qui s'occupe du chantier.

Fiona se regarde dans la glace. Bof, bof, bof. Ce n'est pas la grande mine, ce matin. D'un geste rageur, elle s'enroule dans un peignoir dont la douceur lui met un peu de baume au cœur et va se préparer un café. Sans sucre, sans lait, sans rien. Noir. Elle a besoin d'un coup de fouet. Elle verra tout à l'heure pour les galettes de riz et le verre de chocolat au lait de soja, pour l'instant elle ne souhaite rien d'autre qu'un bon shoot d'arabica.

En passant avec sa tasse fumante devant la console de l'entrée, elle jette un œil distrait à la pile d'invitations qui y traîne, certaines ne sont même pas ouvertes. S'il fallait aller à tous ces vernissages et ouvertures de boutiques pour voir toujours les mêmes têtes ravies de se montrer dans la presse, on n'aurait plus de vie ! Une enveloppe plus grande que les autres, plus lourde et plus magnifique aussi (le budget qu'ils doivent mettre dans la fabrication de ces trucs qui véhiculent l'image, certes, mais qui finiront à la poubelle, lui donne la nausée), attire néanmoins son attention. C'est peut-être ça, la ruse : faire plus grand, plus gros et plus brillant (l'enveloppe est rose métallisé) pour sortir de la pile, exactement comme ce qui vient de se passer avec elle à l'instant. Car si, elle, ne les ouvre pas, pense Fiona, elle ne doit pas être la seule, et compte tenu de la quantité d'envois de la sorte, mieux vaut trouver les moyens de se faire remarquer. Elle prend l'enveloppe et s'apprête donc à l'ouvrir quand elle voit, ce qui jusque-là n'a rien d'anormal, son nom écrit dans cette calligraphie manuscrite et déliée que l'on ne trouve que sur les invitations, les faire-part de mariage et les plans de table. C'est ce que Fiona appelle malicieusement la typo RP et, quand elle est de plus méchante humeur, la typo bac plus trois.

Sauf que devant son nom, il est écrit « mademoiselle ». Mademoiselle Fiona McGregor. Mademoiselle Fiona McGregor, quarante sept-ans et des queues de cerises, célibataire depuis qu'elle est divorcée. Et l'image qui lui vient alors n'est ni celle d'une jeune demoiselle, ni celle d'une grande mademoiselle, mais celle d'une vieille demoiselle toute racornie, le visage douloureux d'aigreur et de solitude, prenant le thé dans son rocking-chair, un chat, son seul compagnon, posé sur les genoux et un tricot dans un panier à ses pieds. Ah oui ! J'oubliais la télévision, qu'elle allume le matin par réflexe mais n'entend pas de toute façon, son Sonotone ayant rendu l'âme depuis belle lurette, et personne n'ayant songé à le lui remplacer. Jamais je ne deviendrai comme ça, pense Fiona effrayée par les vagabondages de sa propre imagination. Jamais je ne deviendrai une vieille chose toute seule !

En fait, c'est David qui a raison. Il faut faire reculer le naufrage de l'âge autant qu'on le peut, et ce de préférence avant qu'il n'arrive. Jamais je ne deviendrai vieille, se dit-elle. Alors elle retourne dans sa salle de bains et devant la grande glace en pied qui, jusqu'à présent, lui a toujours renvoyé une image dont elle pouvait être fière, enlève son peignoir. Et d'un coup, allume la rampe de spots au-dessus de sa tête, qui n'a pas servi depuis quelque temps. Là, sous leur éclairage cru, de haut en bas, courageuse et lucide, Fiona s'observe dans les moindres détails. Le front, les rides du lion, l'ovale du visage, la poitrine, le ventre, la culotte de cheval… Putain, y'a du boulot, se dit-elle, refusant de fondre en larmes. Y'a du boulot.

*

* *

Shirley est réveillée par la sonnerie du téléphone. Elle met un oreiller sur sa tête pour étouffer le bruit, en se disant qu'elle ferait mieux de le poser directement sur le téléphone si celui-ci n'était pas aussi loin, puis, semblant se souvenir de quelque chose, tâtonne la place à côté d'elle. Vide. Pourtant, elle en est sûre, c'est bien ici, dans son studio, qu'ils ont pris le dernier, dernier verre, Keith et elle.

Avant il y a eu le Tribeca Grill, deux bouteilles de chardonnay au moins, peut-être trois, elle ne saurait trop dire. Et puis ce bar, où ils sont allés à pied, qu'est-ce qu'ils y ont bu déjà ? Elle ouvre un œil, que le mal de tête, fulgurant, lui fait aussitôt refermer. Oh, là là… encore une journée citrate de bétaïne qui s'annonce. Qu'ont-ils fait, après ? Elle est certaine qu'ils ont fini la soirée ici, même que Keith a mis ce disque de Charlie Winston qu'elle adore, *Hobo*, et qu'elle peut se passer en boucle. Si elle arrivait à ramper jusqu'à la chaîne, elle aurait la preuve qu'il est bien rentré avec elle hier et qu'ils ont écouté le disque. Oui mais alors l'idée de bouger…

Le bruit du téléphone a cessé, enfin. Shirley roule de l'autre côté du lit, là où… La place est encore chaude. Elle n'a pas rêvé, Keith a bien dormi avec elle. Ç'aurait été bizarre qu'il ne l'ait pas fait, d'ailleurs, lui qui venait de lui demander d'habiter avec lui… il n'allait pas se défiler dès la première nuit. Mais pourquoi était-il parti si tôt ? Merde ! Voilà le bruit qui recommence. Mais qu'est-ce qu'ils ont, à appeler à cette heure-ci, un dimanche matin, en plus ! Elle entrouvre un œil (aïe !) pour regarder sa montre. Six heures. Bizarre, pense-t-elle, il est 6 heures et il fait déjà jour !? En novembre… il ne fait pas jour à 6 heures du matin en novembre. C'est peut-être une éclipse… non… c'est quand il fait tout noir, une éclipse. Le contraire d'une éclipse, alors…

La sonnerie reprend. Shirley se lève d'un bond pour aller arracher du mur la prise du téléphone, comme ça il va bien finir par se taire, à 6 heures du mat', quand même ! Elle retourne se mettre en boule dans son lit et envisage de se rendormir, quand ça sonne à nouveau. Et sans bouger, sans décrocher, en ayant débranché – elle vérifie du coin de l'œil – la base du téléphone du mur, ça continue à sonner et pire… elle entend la voix de sa mère.

— Shirley, qu'est-ce que tu fais ? Tu n'es pas debout ? Tu sais quelle heure il est ?

Comme elle ne donne pas de réponse, la porte se met soudain à trembler. Et c'est là qu'elle réalise : ce n'est pas le téléphone qui l'a réveillée, mais la porte d'entrée. Driiiing… driiiing… driiiing… La sonnette de la porte d'entrée, que sa mère fait carillonner depuis une heure… comme un téléphone. Sa mère qui maintenant donne des coups furieux sur le chambranle. À 6 heures…

— Midi et demi, Shirley ! Bouge-toi !

Voix plus pressante.

— Je sais que tu es là, je t'ai entendue marcher. Ouvre !

Alors Shirley regarde une nouvelle fois sa montre, en maudissant le concierge qui, lorsqu'elle cherchait un studio pour être indépendante, lui a indiqué celui-ci, qui allait se libérer, superbe il est vrai, avec une terrasse et une vue sublime sur le Park, mais dans le même immeuble que l'appartement de sa mère. « Comme ça, ça ne changera pas trop vos habitudes, mademoiselle Shirley, il avait dit. Et vous ne serez pas trop loin de votre maman ! » Ouais… Si elle avait su… Résignée, elle enfile une nuisette et s'apprête à aller ouvrir. L'autre ne lâchera pas comme ça, elle la connaît. Elle peut toujours lui crier à travers la porte d'aller se recoucher, sa mère est tellement réveillée, et elle aussi maintenant, qu'elle peut aussi bien lui ouvrir et leur préparer un café. Elle déverrouille la porte et se retrouve nez à nez avec une montre.

— Non mais, tu as vu l'heure ? répète sa mère en envahissant la pièce de son parfum à la figue sauvage et aux baies de cassis (Jo Malone, très classe) et de ses cheveux qu'elle fait virevolter autour d'elle. Et…

Elle s'arrête un instant pour regarder sa fille et prend un air apitoyé.

— C'est quoi cette tête ? Tu as vu ta tête, ma pauvre chérie, c'est une tête à deux bouteilles au minimum ou je me trompe ?

— Plus ! ne peut s'empêcher de renchérir Shirley, et rien que le fait d'imaginer les bouteilles lui donne des haut-le-cœur.

— Bon. Une cuite de plus ou de moins, on a tous fait pareil à ton âge. Tu t'en remettras.

Et elle se plante au milieu de la pièce, enlève son manteau qui, Shirley le constate avec horreur, est en fait un peignoir, et se campe devant sa fille en string et soutien-gorge.

— Comment tu me trouves ?

Voir sa mère en sous-vêtements et talons hauts, parce que, quoi qu'il arrive, Fiona sort peut-être en peignoir mais jamais sans ses Jimmy Choo (dix centimètres, quatre cents dollars minimum… ça fait cher le centimètre), qui plus est à 6 heures euh… midi et demi, bon, d'accord, un dimanche matin… ça fait bizarre.

— Maman ! Mais tu es sortie comme ça ? Tu es en peignoir !

— Oui, oh, écoute, hein… Ce n'est pas pire que mes voisins du dessus quand ils descendent au spa avec, non seulement leur peignoir, mais leurs claquettes en plastique. On dirait des curistes. Alors que moi, quand même…

Elle tend une jambe, qu'elle a fort longue et lisse (Fiona est intransigeante sur l'épilation), et admire la sandale dorée sur son pied parfaitement pédicuré.

— Bon, alors… et pour une fois, je te demande de ne pas mâcher tes mots. J'ai besoin qu'on me dise la vérité. Comment me trouves-tu ?

Le genou gras, la cuisse un peu lourde, la fesse qui tombe, le ventre qui plisse, la hanche pneumatique, les seins en gants de toilette, le visage qui fout le camp, le front sévère et la paupière molle ? Non, c'est sa mère. Shirley ne peut pas dire *tout ça* à sa mère.

— Euh…

— Allez ! Shoote ! Je vois bien que tu cherches à me ménager. J'ai besoin de savoir.

Alors Shirley trouve la formule qui, pense-t-elle, lui permettra de donner un avis qui, sans être blessant, ne la trahira pas complètement.

— Je trouve que tu es bien conservée pour ton âge.

— Et voilà ! J'en étais sûre !

Plus de doute, Fiona sait ce qu'il lui reste à faire. Elle remet son peignoir et, sans un mot, se dirige vers la porte. Manquant renverser Keith, qu'elle ne connaît pas (encore) et auquel elle ne souhaite surtout pas être présentée dans ces conditions (inutile de dire qu'après ce qu'elle vient de s'entendre confirmer, elle ne se sent pas au top), qui arrive de son jogging tout mouillé avec un sac en papier plein de croissants.

— Salut les filles ! euh… Bonjour madame, lance le jeune athlète à tout hasard.

Mais la dame s'est déjà enfuie, ce qui ne lui permet pas d'entendre la suite de la conversation.

— C'était qui ? demande Keith en allant se coller contre le dos de Shirley, qui a profité de la diversion pour se laver en vitesse les dents dans l'évier, et en lui palpant les seins avec gourmandise.

— Euh… ma mère. Elle habite au trente-troisième et… elle avait juste un truc à me demander.

Keith émet un long sifflement, au grand dam des oreilles de Shirley.

— Ben dis donc ! Je comprends pourquoi tu es aussi canon, ma chérie. Tu as de qui tenir. Pour une mère, elle est vachement bien conservée !

Se souvenant qu'il aime les vieilles, Shirley note mentalement de ne pas tenter le diable et de faire en sorte que les rencontres entre ces deux-là soient aussi rares que possible. Ce n'est pas qu'elle soit inquiète, mais bon… on ne sait jamais.

6 novembre 15 h 15
De : Shirley@manhattan.com
À : Tatiana@girlpower.us
Cc : Eventia@dreamalittledream.com
Objet : ma mèèèèèère !
Qu'est-ce qu'on fait quand sa mère débarque à moitié à poil devant son mec qui aime les vieilles ?

6 novembre 15 h 19
De : Eventia@dreamalittledream.com
À : Shirley@manhattan.com
Cc : Tatiana@girlpower.us
Objet : re
On lui dit que c'est sa mère. En général, ça calme…

6 novembre 15 h 25
De : Shirley@manhattan.com
À : Tatiana@girlpower.us
Cc : Eventia@dreamalittledream.com
Objet : même pas peur
Ben non justement, ça marche pas… je le lui ai dit, j'ai même bien insisté, et vous savez ce qu'il a répondu ? Il a dit que pour une mère, elle était vachement bien conservée ! Je suis vénère !

6 novembre 17 h 00

De : Tatiana@girlpower.us

À : Shirley@manhattan.com

Cc : Eventia@dreamalittledream.com

Objet : CQFD

Hé, ho ! On ne s'énerve pas, ma cocotte... S'il est tombé sur ta mère, c'est qu'il était chez toi, et s'il était chez toi, c'est que la soirée d'hier ne s'est pas trop mal passée alors ??? Pourquoi tu ne nous donnes pas les vraies infos plutôt ?

Allez, ma poule... Girl Power !

Yo !

*

* *

— Les filles, je vais aller vivre avec Keith !

— Ouahhhh !

À la cafêt du MOMA où elles se sont donné rendez-vous pour 1, manger des brownies (mythiques) et 2, aller prendre quelques notes pour le projet Rothko sur lequel elles travaillent ensemble et qu'elles doivent rendre à la fin du semestre – à moins que ce ne soit le contraire (1, Rothko et 2, les brownies), mais compte tenu de la gourmandise des filles ce serait étonnant –, Shirley annonce la nouvelle à ses amies et c'est tout juste si celles-ci ne se mettent pas à danser sur les tables. Une grande bringue et une petite boulotte qui se mettraient à swinguer sur les comptoirs du snack d'un musée d'art moderne, ça pourrait presque passer pour un happening, se dit Shirley *in petto*, regrettant presque que ses amies ne se lancent pas.

— Ouahhh ! répète Tattie en tapant dans ses mains frénétiquement. C'est trop ouf ma vieille ! Avec Keith, en plus !

— Ben merde alors, ben merde alors, ben merde alors ! répète Eventia en boucle.

Elle a ce truc, Eventia, quand elle est émue. Elle ne trouve pas ses mots, alors elle répète sans arrêt les premiers qui lui passent par la tête. Quand elle fait l'amour avec son petit copain, ça donne oh mon Dieu, oh mon Dieu, oh mon Dieu, formulation somme toute assez classique (mais Eventia est très classique, sexuellement), qui fait que l'autre finit vraiment par se prendre pour un dieu et que ça devient gonflant. Sauf qu'il suffit qu'il y ait un disque ou un film au même moment dont une parole attire son attention, ou qu'elle aperçoive un objet, et là, ça peut devenir carrément free style. Pot de fleurs, pot de fleurs, pot de fleurs… ça manque un peu d'érotisme. Mais ça remet les choses à leur place.

— Et ça s'est passé comment ? demande Tatiana, tout excitée. C'est vrai, deux heures avant, tu étais sur le point de le quitter parce qu'il s'était tapé une… Mais Aï-eueueuh !

Tattie lance un regard furieux à Eventia, qui vient de lui donner un coup de pied bien senti dans les tibias. Elle a (aussi) ce truc, Eventia : shooter dans les jambes de ses amies quand la langue de celles-ci est sur le point de fourcher. À part ça, elle est vraiment sympa, comme fille.

— T'as qu'à faire attention à ce que tu dis, aussi ! Si tu crois que c'est malin de rappeler qu'il s'est tapé une vieille… oups !

Shirley et Tatiana regardent Eventia qui, mortifiée par sa gaffe, mais c'est bien d'elle, ça, rougit comme une pivoine du bout du nez à la pointe des oreilles.

— Je suis désolée, je suis désolée, je suis désolée…

Et c'est reparti. Heureusement, aujourd'hui, Shirley est de bonne humeur, elle s'installe avec le plus beau mâle de la ville, quand même ! et rien ne saurait l'altérer. Pas même le souvenir de Keith avec cette euh… Daphné, qu'elle a chassée de son esprit. Après tout, c'est elle qui a gagné.

— Et vous allez habiter dans ton studio ? demande Tattie, curieuse. Avec ta mère en dessous ? T'as pas peur de la voir rappliquer toutes les cinq minutes pour te demander du sel, un livre, la liste des courses ou sous n'importe quel prétexte fallacieux… juste pour pouvoir mater et mettre à l'épreuve les vestiges de son pouvoir de séduction ?

— J'y ai pensé, vous imaginez ! Déjà qu'elle est capable de débarquer en peignoir et en escarpins un dimanche matin, et que l'autre la trouve « vachement bien conservée pour une mère », je cite, je n'allais pas faire rentrer le loup dans la bergerie. Même si la bergerie en question a un concierge et une vue à tomber sur le Park. Mais non ! Figurez-vous que le type avec lequel Keith partageait sa maison s'en va… du coup, il m'a proposé de m'installer chez lui.

À cette nouvelle, le visage des filles s'assombrit.

— Mais c'est à Brooklyn !

— C'est super loin, Brooklyn ! Il faut traverser le pont, en plus…

— Oh ! Attendez, les filles ! Ne faites pas vos snobs, non plus ! C'est juste en face ! Et puis une *maison*, vous vous rendez compte ? C'est génial ! Je pourrai vous inviter et on se fera des marshmallows grillés dans le feu le week-end !

Tattie va se chercher un autre brownie, qu'elle enfourne sans y penser.

— Des marshmallows grillés, non mais je rêve ! Voilà que tu commences déjà à avoir des réflexes de campagnarde… La ville va te manquer, ma vieille, tu verras…

Shirley est un peu surprise par la réaction de ses amies. Après tout, Brooklyn n'est qu'à quinze minutes de Manhattan, et puis c'est en train de devenir – non, *c'est* devenu – le nouveau quartier branché de New York, avec ses galeries, ses restaurants à la mode, ses intellectuels et ses artistes. Même Paul Auster vit là-bas, dans Park Slope, juste à côté de l'endroit où ils vont habiter, Keith et elle. Alors ça va… Même s'il faut traverser un pont, ce n'est pas complètement la cambrousse non plus ! Et puis…

— Et la ville, je la vois ! Elle ne risque pas de me manquer, je l'ai sous le nez, la ville, tout le temps ! Du toit de la maison, on aperçoit l'Hudson, le pont de Brooklyn… et Manhattan comme vous ne l'avez jamais vu ! Sauf dans les films de Woody Allen !

— Mouais… Tu vas nous manquer, ma vieille…

— Mais je ne m'en vais pas ! Je suis de l'autre côté de la rivière, à un quart d'heure ! Moins loin que pour aller de chez moi à l'université, là, en ce moment.

Les filles ne semblent pas convaincues.

— Mais tu vas devenir une BnT ! ajoute Eventia d'un air désolé, comme s'il s'agissait de la dernière maladie vénérienne en vogue.

— Une *quoi* ? s'exclame Shirley, qui n'a jamais entendu l'expression.

— Une BnT. Bridge and Tunnel, ceux qui doivent non seulement se cogner un pont mais aussi un tunnel pour aller là où les choses se passent, tu vois…

Comme Shirley hausse les épaules, ses amies comprennent que la cause est perdue d'avance. Elle suivra son mec sur l'autre rive, quoi qu'il advienne.

— Et… c'est pour quand ? demande Tattie, d'une toute petite voix.

— Je déménage pendant les fêtes. Et début janvier, les filles, je vous invite à venir voir mon nouveau nid !

*
* *

La clinique du docteur Richard Malloy (autocobaye, ce qui lui permet d'afficher à l'aise quinze ans de moins que son âge), éminent chirurgien esthétique qui a eu entre les mains les culottes de cheval les plus people du pays, est très facile à trouver. Située sur Madison Avenue, elle occupe tout le vingt-cinquième étage de l'immeuble qui jouxte la salle de sport où va Shirley, et qui est réputée pour être, en ce moment en tout cas, par la modernité de ses équipements, la qualité de ses coachs et surtout par sa vue extraordinaire sur les clochers de la cathédrale Saint-Patrick, la meilleure. Fiona en sait quelque chose, non pas pour l'avoir essayée – elle est allergique au sport et là, pour le coup, ce n'est pas avec l'âge que ça va s'arranger, même si, elle en a tout à fait conscience, elle devrait s'y mettre –, mais pour avoir entendu sa fille en clamer les vertus. « Tu devrais y aller, maman, ça te ferait du bien, tu sais... Il y a des cours très soft, du yoga, des trucs comme ça... et puis les coachs sont sensationnels, ils savent reconnaître tes limites et les respecter tout en te faisant progresser. » Hum. Sauf que Fiona n'a ni l'envie ni le temps – d'ailleurs ça l'arrange de mettre ça sur le compte du temps, une bonne excuse, parmi d'autres – de « s'y mettre », comme dit sa fille, même avec un coach sensationnel qui sait reconnaître ses limites et les respecter tout en la faisant progresser. Non. Pas question de perdre du temps et de tenter d'arrêter le massacre en s'épuisant sur des machines, son corps fout le camp de partout, il faut le prendre en mains de manière radicale. Et c'est justement pour ça qu'elle est là.

Dans la vaste salle d'attente qui plonge, elle aussi, sur l'église, on reconnaît sans se tromper les clientes « d'avant » et les clientes « d'après ». Avant, ce ne sont qu'imperfections, petits airs tristes (tant il est vrai qu'un visage qui tombe donne l'expression chevaline et résignée de celle qui porte sur les épaules tous les malheurs du monde, d'où le terme « tirer la gueule », note Fiona en souriant intérieurement), postures avachies... et beaucoup de noir, vêtements, lunettes, du noir pour affiner, gommer, du noir pour cacher... et pour se cacher. Après... ah ! après, ça n'a plus rien à voir ! Seules les lunettes noires ont survécu, mais c'est pour masquer une identité ou parfaire une tenue. Les vêtements ont pris des formes et des couleurs, les dos et les poitrines se sont redressés... ces clientes-là se parlent et se sourient, complices, comme faisant partie d'un même groupe dont les autres, les noiraudes, sont exclues. Situation provisoire pour certaines, définitive pour d'autres, car toutes n'auront pas le courage de surmonter leur peur et de prendre, pour elles et pour elles seules, une décision qui peut changer leur vie.

— Madame McGregor ? susurre une jeune infirmière rousse en ouvrant la porte.

Fiona se lève, dans un frémissement de sourcils des autres femmes ici présentes qui, du coin de l'œil, la maudissent de passer avant elles et essayent d'estimer, à l'étendue des dégâts apparents, le temps que durera la consultation. Et leur attente, par la même occasion.

— Mais j'étais là avant ! tente une noiraude qui, en effet, était déjà affalée sur le canapé lorsque Fiona est arrivée.

— Oui, mais madame a rendez-vous avant... Son nom est inscrit à 10 h 15, alors que vous n'avez rendez-vous qu'à 10 h 45. Je suis désolée...

— Mais il est midi ! s'insurge la fille en regardant sa montre. Si vous croyez que je n'ai que ça à faire, moi !

— Ah ! Mais c'est qu'il ne faut pas consulter le docteur Malloy si vous n'avez pas que ça à faire, comme vous dites. Le recours à la chirurgie plastique est une décision déterminante, qui demande de la réflexion et beaucoup d'explications, et le docteur met un point d'honneur à accorder à chacune de ses patientes tout le temps dont elle a besoin. Il s'agit d'art, vous comprenez...

La fille lève les yeux au ciel, puis, dans un accès de rage, ou de découragement, ou peut-être même de peur, qui sait, elle ramasse ses affaires et se dirige vers la sortie.

— Bon. Eh bien puisqu'il s'agit d'art... je crois que je vais aller me faire tagger ailleurs.

Elle sort et dans son dos, on entend le soupir de soulagement des autres candidates au bistouri qui, avec la défection de l'une d'entre elles, viennent d'un coup de gagner une demi-heure. One down.

— Venez, je vous accompagne, dit l'infirmière à Fiona, encore sidérée par la scène.

D'un naturel plutôt calme, elle n'imaginait pas que ses congénères arrivent à se mettre dans des états pareils. Et pour si peu. Elle était presque au bout de ses peines, cette bécasse… pourquoi tout plaquer dans la dernière ligne droite ? La peur, certainement… Elle-même n'en mène pas large, elle se demande si c'est une très bonne idée après tout, et c'est la main moite qu'elle serre celle du chirurgien.

— Détendez-vous… Que puis-je vous proposer ? Un thé vert, un jus de grenade… un verre d'eau ?

Elle accepte un jus de grenade, qu'une jeune assistante blonde apporte dans la minute, sans que personne ne le lui ait demandé. Richard Malloy la laisse boire une gorgée avant de prendre un crayon et d'ouvrir un nouveau dossier. *Son* dossier.

— Bien. Alors, Fiona McGregor… quel bon vent vous amène ?

Un vent, justement, voudrait-elle dire. Mais pas si bon que ça, si vous saviez, un vent de la part d'un petit vendeur prétentieux qui n'a pas voulu me donner la robe que je voulais m'acheter…

— Docteur…

— Appelez-moi Dick !

Sourire charmeur et autour des yeux, juste assez de rides d'expression pour être crédible. Ce type doit avoir trente-cinq ans, sauf que compte tenu du temps qu'il lui a fallu pour faire ses études et sa spécialité, ouvrir son cabinet et acquérir sa notoriété, qui n'est pas si récente… il ne peut pas en avoir moins de quarante-cinq, quarante-sept. Comme moi, pense Fiona. Sauf qu'il en fait beaucoup moins.

— Cinquante et un !

— Pardon ?

Fiona est surprise d'entendre une réponse à une question qu'elle n'a pas posée.

— J'ai cinquante et un ans, dit le médecin, triomphant. Vous ne me l'avez pas demandé, mais c'est une question que toutes mes patientes se posent et… je l'ai lue dans vos yeux. C'est un peu mon métier aussi, vous savez, de lire sur les corps… Vous vous êtes dit, cet homme affiche un âge que, mathématiquement, il ne peut pas avoir. Je vous ai vue mentalement compter les années de médecine, la spé, la montée en puissance, la notoriété, l'installation dans ce cabinet… vous vous êtes dit, il ne peut pas avoir moins de la cinquantaine, c'est impossible. Et pourtant, vous trouvez que je ne les fais pas, je me trompe ?

— À peine. À deux ans près, vous aviez tout bon…

— Quoi ? Vous ne me donniez quand même pas cinquante-trois ? demande Dick, en roulant des yeux d'un air faussement catastrophé.

— Quarante-huit…, précise Fiona dans un sourire.

Non seulement il semble lire les âmes, mais ce type a un vrai talent pour mettre ses interlocutrices en confiance.

— Mais assez parlé de moi. Vous n'êtes pas là pour ça, n'est-ce pas.

Il la regarde de haut en bas.

— Que puis-je faire pour vous ?

— Voilà. J'ai quarante-sept ans et… il faudrait revoir un peu tout ça, dit Fiona en entérinant ses propos d'un geste assez large des mains qui englobe tout son corps.

Elle sort une liste de son sac, sur laquelle elle a noté, pour être sûre de ne rien oublier, les points sur lesquels elle aimerait voir le chirurgien intervenir. Elle la tend à Dick, qui la consulte avec sérieux avant de partir d'un grand éclat de rire.

— Rides du lion, tour de bouche, ovale du visage, OK… seins, plus 1 kg… fesses, moins 1 kg de chaque côté, hanches et ventre, moins 2 kg… Vous alors ! Vous êtes incroyable ! Vous êtes comme ça pour tout ? Vous faites des listes, comme si vous alliez au marché ?

— Uniquement quand c'est professionnel. Je suis architecte, alors vous savez, je ne peux pas me permettre d'oublier quoi que ce soit. Vu la taille des chantiers que l'on me confie, et les délais de plus en plus courts, le moindre oubli, même tout petit, peut prendre des proportions catastrophiques. Imaginez, vous êtes à J-7 de la livraison d'un hôtel et vous vous apercevez que vous n'avez pas commandé les poignées de portes, vous avez pensé à tout le reste mais ça, ça vous a complètement échappé. Ou les interrupteurs, tenez. Et comme ils sont fabriqués en Italie, et pas forcément en stock, vous ne les aurez que dans six semaines, vous faites quoi ? Vous livrez un bâtiment – commercial, en plus, un hôtel ! – dans lequel on ne peut ni fermer les portes ni allumer la lumière ? Ça la fiche mal, vous ne trouvez pas ? Du coup, j'ai pris l'habitude de tout noter. En revanche, quand je vais au marché, je pars les mains dans les poches. Là, je fais tout au feeling…

Devant l'implacable démonstration de Fiona, il reprend son sérieux.

— Oui mais dans le cas qui nous intéresse… ce n'est pas à proprement parler « professionnel ». Si ?

— Quand même ! C'est un gros chantier… et comme il faut un temps fou pour avoir un rendez-vous, je me suis dit… mieux vaut avoir pensé à tout, que je ne me retrouve pas minée par un oubli, qu'il faudra attendre pour traiter parce que… je ne sais pas, moi, on aura commencé à faire des opérations dont je devrais être totalement remise avant de passer à autre chose ou pire… je vous appellerais en vous disant, docteur, il y avait les joues aussi, j'ai complètement oublié les joues, et vous me diriez c'est bête, on aurait dû les faire en même temps que le lifting, ça va être beaucoup plus compliqué maintenant… Vous voyez… Et comme la vue d'une aiguille me fait tomber dans les pommes, et je ne vous parle même pas d'un bistouri, mieux vaut cumuler au maximum et passer sur le billard le moins de fois possible…

Dick Malloy voit très bien. Il est même très admiratif devant cette femme qui a pensé à tout, soucieuse d'obtenir les meilleurs résultats dans un minimum de temps. À quoi bon traîner en effet, quand on est à ce point décidée…

— Bon… il va falloir me montrer tout ça, alors… Vous pouvez passer dans la pièce à côté et vous déshabiller, vous ne gardez que le string, OK ? Je vous rejoins tout de suite. Mary !

Il appelle l'infirmière, qui entre dans la pièce avec un appareil photo numérique et un Polaroïd.

— Je prendrai le numérique… On peut d'ailleurs songer à se débarrasser du Pola, je ne m'en sers plus jamais !

Tremblant de froid dans la pièce à côté, qui tient plus du studio photo que de la salle d'auscultation, si ce n'est la table d'examen et là encore, elle ressemble plus à du matériel d'institut de beauté qu'à de la quincaillerie d'hôpital, Fiona n'a pas entendu le chirurgien rentrer. Celui-ci l'observe déjà depuis un bon moment lorsqu'elle se rend compte de sa présence et, dans un sursaut de coquetterie, rentre son ventre et se met à marcher sur la pointe des pieds.

— C'est bien… Détendez-vous… Alors, voyons un peu…

Tout en prenant des photos, il tourne autour d'elle et elle se dit qu'elle commence à comprendre les paroles de l'infirmière tout à l'heure, lorsqu'elle parlait d'art. Dick s'arrête soudain et l'invite à s'asseoir sur la table.

— Parfait. Bon, alors je vais vous dire ce que moi, je vois, et ensuite, on reprendra votre liste (il lui lance un clin d'œil) pour vérifier que ça colle. Ça vous convient ?

Sans attendre la réponse de Fiona, il poursuit.

— Le visage… Pour commencer, les rides intersourcilières et le front… ça, c'est rien du tout, un petit coup de Botox tous les six mois et on n'en parle plus. Enfin, on en parle tous les six mois, et c'est tout. Pour les paupières supérieures, on peut corriger cet air triste avec un mini-lifting, ça s'appelle le lifting mannequin, ça donne juste un petit coup d'éclat… quoique… hum…

Il s'approche et lui tâte l'ovale du visage.

— Mouais… ces trucs qui tombent, là… vous avez vu, ces bajoues… vous savez quoi ? Je me demande si dans votre cas, ce ne serait pas mieux de faire carrément un petit lifting, rien de majeur, non, mais quelque chose qui permettrait à la fois de récupérer les paupières et de remodeler le visage… En plus on peut dans le même temps en profiter pour injecter un peu d'acide hyaluronique dans les naso-géniens, là… Oui, c'est ça.

Dick couvre son bloc de hiéroglyphes illisibles, puis tend une main vers sa poitrine, qu'il soupèse.

— La peau n'est pas mal… Bon, évidemment… On pourrait remédier à l'effet gant de toilette, pas très heureux, par une intervention toute bête. Il suffit de placer une petite prothèse, vraiment petite, hein, vous ne voulez pas non plus ressembler à Gina Lollobrigida, hein… De toute façon, les gros nibards, c'est ringard… tiens, ça rime…

Il étouffe un rire, imité par Fiona qui, bien qu'elle se sente comme un bout de viande sous le regard asexué d'un maquignon, commence décidément à trouver le bonhomme très sympathique.

— Le truc bien, avec les seins, c'est qu'on peut les faire en même temps que le lifting et l'acide hyalu… Et hop ! D'une pierre trois coups ! Vous qui voulez cumuler… Bon…

— Et ça ne fait pas trop mal ? demande Fiona, qui commence à sentir sa peau tirailler rien que d'y penser.

— Non… Pendant l'opération, avec l'anesthésie et le shoot qu'on vous donne, vous ne sentez rien. En plus, vous planez un peu… Après, vous aurez le visage qui va tirer, mais ce n'est pas douloureux, c'est juste une petite gêne. Bon, la poitrine, ça peut faire mal quelques jours. Mais là encore, je vous donnerai des antidouleurs… Vous pouvez vous lever, s'il vous plaît ?

Fiona se met debout devant le chirurgien, les bras le long du corps, comme une petite fille. Regrettant son penchant pour les beignets à la cannelle fourrés au caramel. C'est là que les Athéniens vont commencer à s'atteindre, pense-t-elle, en se demandant pourquoi cette expression française qui met en scène des Grecs – les Athéniens s'atteignirent – choisit justement ce moment incongru pour surgir dans son esprit.

— Alors là...

— Quoi ? Vous pensez qu'on ne peut rien faire. Il y en a trop, c'est foutu, c'est trop tard, c'est ça ? s'inquiète Fiona.

— Mais non ! J'ai vu bien pire, si vous saviez, oh là là ! Bien, bien pire ! J'ai opéré des baleines, et j'en ai fait des sirènes... Bon, là c'est très simple. Lipo du ventre et des hanches, on peut faire un peu les genoux, si vous voulez, et puis hop ! On retend la peau du bedon, et le tour est joué.

Il continue de noircir ses pages et sonne sur un bouton qui fait entrer l'infirmière.

— Voilà, pour moi, on a fait le tour... Y a-t-il autre chose que j'aie pu oublier ?

Comme Fiona, abasourdie par ce qui l'attend, fait non de la tête, Dick tend ses notes et l'appareil photo à la fille et quitte la pièce.

— Vous pouvez vous rhabiller, Fiona. Je vous attends dans mon bureau.

*

* *

Fiona, 3 janvier.

Ce n'est pas une expérience très agréable, mais cela a le mérite d'être clair : je ne suis pas à proprement parler un thon, comme dirait ma fille, mais si l'on regarde dans les détails, eh bien... peut mieux faire ! Heureusement, la bête est perfectible. Et le plan de bataille du docteur Richard Malloy (ce qu'il est sympathique, ce type !) tout à fait concluant. Deux grosses opérations plus une retouche et hop ! Ça fera comme si j'étais passée sous Photoshop. Mais en vrai. Bon. J'ai quand même décliné son offre, lorsqu'il m'a proposé de m'injecter du silicone dans les petites lèvres et le clitoris pour les rendre plus… gourmands. Il a dit gourmand ! Il ne faut pas pousser non plus ! Remarquez… le clitoris, quand j'y pense, ce n'est pas forcément une mauvaise idée. En le rendant plus visible, ça permettrait peut-être à certains de le trouver !

Alors ça donne la chose suivante :

1) Lifting (20 000 $) + acide hyaluronique (800 $, à renouveler régulièrement tous les six mois) + seins (10 000 $ les deux), deux jours d'hospitalisation, cinq jours de disparition totale et environ trois semaines de jachère sociale. Résultat top au bout de deux, trois mois.

2) Botox (front, 800 $, à renouveler deux fois par an), un week-end off.

3) Liposuccion ventre et hanches et un peu les bras (8 000 $), deux jours d'hospitalisation, une semaine de disparition totale et trois semaines de jachère. Top au bout de deux, trois mois. Deux, trois mois… on dirait un forfait !

Budget total : 39 600 $, hors resucées de Botox et d'acide hyaluronique, arrondi à 39 000… parce que je n'ai pas pu m'empêcher de négocier. Déformation professionnelle. Et en plus, les bras sont offerts !

Délai : si je fais la première intervention dans un mois comme prévu, et sachant qu'il faut attendre quinze jours entre le lifting et le Botox, et deux mois entre la première intervention et la deuxième, et qu'on est début janvier… je peux raisonnablement considérer que je suis baisable en juillet ! D'ici là…

*
* *

— Ceinture ? demande Shirley à Keith, en essayant le jean qu'elle vient d'acheter et qu'elle compte porter ce soir.

Depuis qu'elle a emménagé dans le quartier, elle ne résiste pas aux magasins vintage où elle déniche des merveilles moitié moins chères qu'à Manhattan, et surtout beaucoup plus originales. Avec sa nouvelle vie, elle qui ne portait que du noir, ou presque, est en train de s'inventer un nouveau style. Beaucoup plus hippie, enfin « bobo chic », comme on dit, et beaucoup plus fleuri.

— C'est toi qui vois, mais moi je préfère sans.

Keith est adepte des tailles basses, non marquées, qui laissent éventuellement apparaître la dentelle neigeuse d'un string. Le garçon n'aime que les sous-vêtements blancs et très raffinés. Ce n'est pas pour autant que Shirley a mis au panier ses oripeaux de Victoria's Secret, plus flashy les uns que les autres, seule concession qu'elle faisait jusqu'à présent à la couleur : le choix de sa lingerie est une liberté qu'elle n'est pas prête à sacrifier, mais bon… peut-être devra-t-elle faire un tour dans une ou deux boutiques très chics et très chères, où le blanc le plus basique prend des allures de tenue de soirée.

— Elles arrivent à quelle heure, tes copines ? demande Keith en venant se presser contre le dos de Fiona. C'est juste pour savoir si par hasard, on n'aurait pas le temps de…

— Bas les pattes !

Shirley se dégage en riant. C'est fou ce que la vie commune a exacerbé sa libido, à celui-là ! L'avoir à portée de main semble lui donner des idées en permanence. Elle qui craignait que ce ne soit le contraire…

— Il est 20 heures. C'est des couche-tôt, elles seront là d'une minute à l'autre ! Après, si tu veux…

— Ah ! Mais c'est qu'après, je n'aurai peut-être plus envie !

— M'étonnerait !

— On ne sait jamais. Mieux vaut tenir que courir.

La porte d'entrée sonne et, passant devant Keith pour aller ouvrir, Shirley lui donne une tape sur les fesses.

— Sauvée par le gong, l'entend-elle grogner dans sa barbe de deux jours, qu'il entretient comme s'il s'agissait d'un gazon anglais.

Entrent Tattie et Eventia, suivies de leurs toutous respectifs. Un loulou de Poméranie répondant au nom délicieux de Drag Queen (quatre pattes, choucroute, année des D) – il faut dire que ça lui va à merveille ! – pour Tattie. Et le mec qui se prend pour un dieu pour Eventia. Derek, il s'appelle. Derek (yummi, année des D… il aurait pu s'appeler Dieu, d'ailleurs), musclé, tatoué, mannequin topless devant la boutique Abercrombie (and Fitch)… comme quoi ils ne sont pas tous pédés. Très beau et très con, mais moins (beau) que Keith qui, lui, est très, très intelligent. Mais bon, le type fait quand même fantasmer tous les jours des milliers de nanas. Et puis il est gentil, alors… On ne peut pas tout avoir non plus.

— Quel temps pourri ! se plaint Tattie en enlevant ses Huggs et celles de son chien, et en les remplaçant (pour elle) par des escarpins. Ça ne vous embête pas que je l'aie amené au fait ? demande-t-elle en désignant la bête. Il n'aime pas trop rester tout seul à la maison, en ce moment. Ça le déprime.

Air consterné des autres.

— Si, si, je vous jure. Si vous laissez un animal de compagnie seul plus d'un certain nombre d'heures par jour, surtout en cette période de l'année où les jours sont courts et où il fait nuit de bonne heure, il est très fréquent qu'il déprime. Ce n'est pas moi qui l'ai inventé… c'est son psy qui me l'a dit.

— Ah, parce qu'il a un psy ? ne peut s'empêcher d'insister Eventia. Ce *chien* a un *psy*…

— Évidemment. Un psy pour chiens… À qui voudrais-tu qu'il parle, sinon ?

— Je sais pas, moi… à toi !

— Alors là, si tu y arrives… je te paie des nèfles, ma douce. Il est en pleine crise d'ado, ce petit chouchou… il refuse de me parler. D'ailleurs, mis à part au psy… il ne parle à personne. Hein le chouchou (elle s'adresse au chien, sur ce ton absolument consternant qu'ont les gens pour s'adresser aux animaux… et aux bébés), tu n'es pas très causant par les temps qui courent, hein ?

Tous les regards se tournent vers le chien, qui a déjà trouvé sa place devant la cheminée et, ignorant les remarques de sa maîtresse, ferme les yeux en soupirant d'aise sur ses pattes croisées.

— Je parie qu'il neige plus de ce côté du pont que de l'autre ! tonne Derek pour être drôle, et surtout pour changer de sujet.

Les animaux, ce n'est pas son truc. Ou alors les gros. Mais depuis qu'on l'a fait poser une saison entière avec un caniche pompon teint en rose, qui ressemblait à une sorte de Drag Queen en pire – ou en vrai –, il a un peu de mal avec ce genre de toutou.

— C'est parce qu'on est plus haut, réplique Keith avec le plus grand sérieux. Plus près de l'origine de la neige, les nuages, tout ça… tu vois ce que je veux dire, Derek ?

— Bien sûr que je vois, dit Derek qui ne voit rien du tout, et ne cherche même pas. Je ne suis pas si con, quand même !

Pour masquer son fou rire, Tattie enfouit son visage entre les oreilles de son chien, qu'elle dérange de sa sieste en l'attrapant comme un manchon, et Shirley file dans la cuisine chercher les verres pour l'apéritif. C'est toujours le même gag, avec Derek. Il ne comprend jamais rien, son humour ne fait rire que lui, chaque fois que Keith le voit il ne peut pas s'empêcher de le chambrer, mais l'autre, qui se doute bien qu'on se fiche de lui, a tellement bon fond qu'il ne se met jamais en colère. Au contraire, il en joue, il grossit le trait, rentrant avec bonheur dans le rôle du bouffon… ce qui montre qu'il est probablement moins bête qu'il n'y paraît.

— Ah ! Tiens… j'ai apporté des marshmallows, lance Eventia en tendant à Shirley un gros paquet rempli de guimauves roses. Je n'ai trouvé que des roses, hein... alors les garçons, tant pis, il faudra vous y faire. Avec déjà un Drag Queen dans l'assemblée, on n'est plus à ça près ! Mais c'est promis, on ne dira rien ! Ben oui... Shirl et moi, on a quand même une réputation d'hétéro à défendre.

Elle se tourne vers son amie.

— Tu as les piques, Shirl ?

— Oui, tu penses ! On a même un vrai feu, regarde un peu !

— C'est ça qui est cool, avec une maison. Un feu l'hiver, un petit jardin l'été...

Tout en servant le vin, Keith vient enlacer Shirley et lui embrasser les cheveux.

— Chardonnay pour tout le monde ?

— Oui, oui, du chardonnay, chouette !

Elle se laisse aller contre lui, savourant sa chaleur, ses amis, sa nouvelle vie. Pourquoi dit-on que le quotidien est un remède contre l'amour ? C'est doux, le quotidien...

*
* *

Depuis le départ de Shirley, Fiona s'est arrangée avec son ex-mari pour reprendre le studio de sa fille, et elle y a installé son bureau. Ce n'est pas qu'elle soit particulièrement à l'étroit dans son appartement du trente-troisième étage, mais sa table de travail est installée dans sa chambre, ce qui n'est pas toujours très pratique. Sans parler du fait qu'avoir toujours son ordinateur sous le nez, même lorsqu'elle veut se détendre, n'est pas une bonne idée. Bourreau de travail, Fiona ne résiste pas, quelle que soit l'heure, à l'appel de la machine, dont l'énorme mémoire est en permanence à sa disposition lorsqu'elle veut être sûre de ne pas oublier une idée. Ce qui n'est pas vraiment un problème lorsqu'elle est seule, mais peut le devenir les rares fois où son lit abrite un amant de passage… C'est marrant comme les hommes n'apprécient pas beaucoup que l'on préfère tapoter sur son ordi au milieu de la nuit plutôt que de les gratifier d'un nouveau round. Eux qui, souvent, ne pensent qu'au sexe, ne peuvent pas imaginer que l'on puisse avoir la tête ailleurs, surtout en leur présence. Il y en a même qui se vexent… Et puis il y a une heure pour tout, disent-ils avec la plus grande mauvaise foi. La nuit doit être consacrée à l'amour ! Et accessoirement à dormir, enfin à essayer de dormir car la chose n'est pas gagnée, dans le vacarme de leurs ronflements.

Debout devant le grand comptoir où elle peut désormais déployer les plans tout à son aise, sans avoir à jongler avec le clavier et les fils et l'imprimante (elle s'est aménagé un coin spécial pour tout ce qui est informatique), Fiona contemple d'un œil distrait les arbres enneigés dans Central Park. Et sous les arbres, les joggeurs qui, même par moins dix, continuent d'arpenter les allées de leur petite foulée. Comment font-ils ? se demande-t-elle, elle qui a toujours été allergique au sport, même s'il lui est parfois arrivé de faire bonne figure, et surtout des efforts surhumains dont son corps lui en voulait des semaines entières, pour suivre sa fille, ou un homme qu'elle avait décidé d'impressionner. Sauf qu'on n'impressionne pas grand monde en respirant comme une cheminée au bout de cinq minutes, et au bout de dix, en s'effondrant sur un banc. C'est ça qui est bien, dans Central Park. C'est qu'il y a des bancs. Et aussi des écureuils. Y a-t-il des écureuils sur le terrain que David a acheté pour y construire sa maison ? Elle ne se souvient pas d'en avoir vu lorsqu'il le lui a fait visiter… Elle déroule le plan qu'elle va lui soumettre d'une minute à l'autre, il ne devrait pas tarder maintenant pense-t-elle en jetant un coup d'œil à sa montre. Juste avant de disparaître pour quelques jours, elle espère que ce ne sera pas plus de cinq, six jours comme le lui a promis le médecin, afin de se remettre de sa première opération. Lifting, seins, acide hyaluronique… tout un programme.

La sonnerie du téléphone la fait sursauter. Tiens, se dit-elle, il ne me semblait pourtant pas avoir vu de téléphone… Shirley avait promis de faire résilier sa ligne, histoire de ne pas payer un abonnement inutile. S'énervant déjà de la légèreté de sa fille, qui évidemment a dû oublier tant elle se moque éperdument de tout ce qui est logistique (ça ne l'intéresse pas ! Sauf que ça n'intéresse personne, si on voit les choses comme ça, de se coltiner les installations et les connexions et toutes les démarches… mais il faut bien le faire. Sinon, c'est comme pour tout : il ne se passe rien.). Comme la sonnerie persiste, Fiona scanne la pièce de son regard d'aigle, entraîné à repérer le moindre défaut et le moindre détail, le détail étant, ici, en l'occurrence, un téléphone strident qu'elle va se faire un plaisir d'arracher du mur. Mais pour cela, il faut d'abord qu'elle le trouve. La sonnerie s'arrête enfin, sans qu'aucun répondeur n'ait décroché – elle n'a pas entendu de « clic » – et sans qu'elle ait eu le temps d'identifier l'origine du bruit. Normal, au bout d'un moment, lorsqu'on ne répond pas, les gens raccrochent. Elle en est là de ses élucubrations quand c'est au tour de son portable de se mettre à sonner.

— Dis donc, petite friponne ! Tu pourrais m'ouvrir ! Ça fait dix minutes que je m'escrime sur la sonnette et…

Fiona se précipite vers la porte, qu'elle ouvre en grand pour laisser entrer un David impatient.

— Ce n'est pourtant pas si vaste, ici, pour que tu n'entendes même pas la sonnerie ! Mais…

Les yeux de David s'arrêtent sur le visage hilare de Fiona.

— Pourquoi tu ris ? Ça te fait marrer de laisser ton meilleur copain – et client – à la porte ?

— Je croyais que c'était un téléphone ! Alors je cherchais un téléphone partout pendant que toi…

La fin de la phrase se perd dans ses hoquets.

Sur le bar qui sépare le coin cuisine du reste de la pièce, David pose un sac en papier.

— Je me suis dit que nous risquions d'en avoir pour un bout de temps, alors je suis passé acheter quelques trucs chez l'Italien. Comme ça on pourra grignoter un morceau tout en travaillant… Et boire, pour fêter ça ! Tu ne peux pas savoir à quel point ça me fait plaisir que tu aies accepté de t'occuper de ce chantier ! Tu as un tire-bouchon quelque part ?

Fiona farfouille dans les tiroirs, sans succès.

— Je descends en chercher un à l'appartement. J'en ai pour une seconde. Tu restes ici, hein ? lui lance-t-elle avant de s'échapper.

— Je viens à peine d'arriver !

En moins de temps qu'il n'en faut pour le dire – les ascenseurs sont vraiment très rapides dans ces grandes tours –, Fiona est descendue, et remontée avec le tire-bouchon. David ouvre la bouteille de bordeaux, le goûte et, satisfait, remplit leurs verres.

— À toi ! C'est rigolo de se retrouver ici, dans le studio de ta fille… on dirait deux étudiants… Tu sais, ça m'a fait bizarre quand tu m'as dit qu'elle était partie s'installer à Brooklyn avec son boyfriend. Ce n'est pas le fait qu'elle aille à Brooklyn, non… c'est très bien, Brooklyn, et franchement, pour des jeunes, c'est quand même plus hype que notre bon vieux Manhattan ! Non, ce qui m'a vraiment fait drôle, c'est que je l'ai connue bébé alors… qu'elle soit devenue une femme et qu'elle aille vivre avec un homme, je ne sais pas… j'arrive à peine à y croire !

Il pose son verre et regarde son amie dans les yeux.

— Et toi ? Ça va, toi ?

Soucieuse de ne pas laisser la conversation déraper et s'engager sur le terrain de la nostalgie, ou pire, sur celui de la galanterie – même si elle a toujours fait mine de l'ignorer, Fiona a toujours eu conscience du petit faible qu'éprouvait David à son égard –, Fiona fait un signe de son verre, genre mais oui, ça va, cheers ! plaque un sourire sur son visage… et sort les plans.

— Regarde ce que je t'ai préparé ! dit-elle, fière de son travail, en allumant la grosse lampe d'architecte qu'elle a fait installer au-dessus du comptoir.

— Oui, oui, montre un peu… je suis très impatient de voir ça !

Fiona déroule les feuilles de papier et les étale devant ses yeux.

— Là, tu as la vue d'extérieur, avec l'entrée et le perron surélevé et accidenté, comme dans la « Lifespan Expanding Villa » (la maison qui rallonge la durée de vie) de Gins et Arakawa. Je suis allée à East Hampton pour la voir, tu sais… c'est assez dément, comme truc. Tout est de guingois, de manière à déstabiliser l'habitant. Comme ça, son cerveau et ses facultés motrices sont sans cesse sollicités, pour éviter de se ramollir. Ils disent que ça stimule le système immunitaire et que ça maintient le corps en parfaite harmonie. Mouais… Tu sais quoi ? Ça m'a fait penser aux salles pour les enfants, tu sais, pour leur apprendre à se développer. Et bien là, c'est exactement la même approche… sauf que c'est pour les vieux. Mais tu la connais, non ?

— Je n'y suis jamais allé. J'ai lu des articles partout, c'est comme ça que j'ai eu l'idée de développer le même principe pour moi… Inventer l'habitation la plus inconfortable qui soit, sous prétexte que le confort serait un précurseur de la mort… Il fallait avoir l'idée, quand même ! Je trouvais ça original. Et assez marrant, pour tout te dire. Une maison qui ressemble à une cour de récréation, à cinquante balais… ça m'éclate !

David n'a pas encore construit sa maison révolutionnaire qu'il a déjà rajeuni son langage ! Si Shirley l'entendait dire « ça m'éclate », elle serait folle de rage. Elle dirait qu'il a passé l'âge de vouloir faire « djeuns ».

— Alors. Je ne sais pas s'il faut s'aventurer, comme ils l'ont fait, aussi loin dans le concept, poursuit Fiona, toute à son projet. Je veux dire, il y a quand même des trucs tellement moches que je me demande comment on peut vivre avec, mais bon… On verra.

Elle prend une autre feuille, qu'elle place par-dessus la première. Fasciné, David se penche pour mieux voir.

— Et là… là tu as le devant de la maison, avec les pièces à vivre orientées face à l'océan, comme tu le souhaitais. Je pense que c'est une très bonne idée. Bon. J'ai laissé les couleurs, le vert, le rouge, le rose, le jaune, le blanc, l'indigo… En tout, si tu comptes les couleurs intérieures et extérieures, on devrait avoir une palette de pas moins de quarante tons… et pas des plus discrets. Mais je crois que c'est fondamental, les couleurs. Pour le reste… j'ai agrandi les fenêtres sur l'avant, là, tu vois… et là… Quand même, ce serait dommage d'avoir une aussi belle vue sur la mer et de ne pas en profiter. En revanche, j'ai bien compris qu'il fallait que toutes les ouvertures soient à des hauteurs différentes. Et de tailles et de sens différents aussi. Alors regarde, tu vois… là, là et là… et encore là. Tu as des fenêtres horizontales, des fenêtres verticales, des fenêtres coulissantes, des fenêtres à double battant… ah ! et des espèces de meurtrières à même le sol. Je crois que je n'ai rien oublié.

— Tu es géniale, Fiona. Je n'en ai jamais douté, remarque, mais alors là… tu as tout compris !

Ne sachant quoi faire du compliment, même si intérieurement elle ne peut s'empêcher d'en être flattée, surtout venant de David, réputé pour avoir la dent dure, Fiona esquisse un sourire et déplie un nouveau jeu de feuilles.

— Et tu n'as encore rien vu ! Attends de voir ce que je t'ai concocté pour l'intérieur !

Elle prend une première feuille, qu'elle déploie soigneusement sur la table.

— Vue d'ensemble : quatre pièces ouvertes (y compris la salle de bains… tu es certain de vouloir que ta salle de bains donne sur le salon ?) autour d'un espace de vie central. Au creux de cet espace central, la cuisine, qui a l'air nichée dans un petit vallon.

Comme un gosse, David suit les dessins du doigt, en poussant de temps à autre des *Oh* ! de ravissement. Fiona fait défiler les plans les uns après les autres. La chambre à coucher, la salle de bains et ses grandes dalles multicolores, le bureau, l'espace cuisine avec ses interrupteurs placés trop haut ou trop bas, de manière – stimulation ! – à être soit obligé de se hisser sur la pointe des pieds, soit de se plier en quatre pour les atteindre. Une façon comme une autre de rallonger le temps nécessaire pour chaque activité quotidienne, et de ne pas laisser de place à l'ennui auquel les vieux sont souvent sujets. David ne peut s'empêcher de glousser.

— J'adore !

— Moi aussi, confirme Fiona. J'adore. Sauf un truc : le sol dans la partie centrale. Cette espèce de coulée de lave marronnasse, là, avec ses picots partout… ça, je crois que je ne pourrai pas. Tiens, j'ai pris des photos…

Saisissant le paquet, David se met à contempler les clichés en faisant la grimace. D'un côté, il sait que le succès psychomoteur, si l'on peut dire les choses comme ça, de la maison, son « efficacité » en quelque sorte, réside pour une grande partie dans ce sol en bosses et en creux qui ressemble aux faux reliefs de montagne que l'on trouve dans les magasins de matériel de rando. Avec tout de même, disséminées un peu partout, y compris dans les pièces à sol lisse et plat, des barres façon pool dance pour éviter de se casser la figure. Mais quand même ! Fiona a raison : c'est trop moche. Laid au-delà de l'acceptable, au point que pour les éviter, on peut bien sacrifier quelques années de sa vie. Les dernières, de préférence. Il ne faut pas exagérer non plus !

— Je suis d'accord avec toi ! On zappe le sol, tu n'as qu'à le remplacer par ce que tu veux, mais pas cette horreur. Pour le reste, on s'en tient à tes plans ! Quand peut-on lancer le gros œuvre ?

— Dès demain. Les terrassiers sont sur le pied de guerre et j'ai reçu la dernière autorisation pas plus tard que ce matin. Alors on y va, on lance ?

— Tu parles comme on y va ! Et tu crois que je pourrai y passer l'été ?

Fiona fait un rapide rétro planning dans sa tête. Six mois... un peu court, pour construire un tel bâtiment, mais en mettant les bouchées doubles, il n'est pas dit qu'elle ne puisse pas y arriver.

— Écoute, ce n'est pas évident, ça ne laisse pas beaucoup de temps mais... si j'arrive à avoir des équipes suffisantes, et si nous avons de la chance... peut-être qu'en août tu pourras y emménager. Ou au moins y camper, si tu y tiens vraiment !

David se dirige vers le bar et remplit les verres à nouveau.

— À toi ! À cette maison, qui sera ton chef-d'œuvre ! Et... à notre amitié.

Souriant, il enroule son bras autour d'elle et l'embrasse sur les deux joues.

— À notre amitié ! Et au succès du projet !

*

* *

— Allô, Shirley ?

— Maman ! Parle plus fort, j'entends très mal...

— C'est normal, hurle Fiona, une fesse posée sur le bras du canapé blanc, au milieu de son salon. Je suis à l'aéroport (c'est ça !) Tu sais, je pars faire cette thalasso au Mexique, je t'en avais parlé (ouh ! la grosse menteuse)...

— Tu vas... où *ça* ???

Fiona attrape le catalogue ouvert devant elle sur la table basse.

— Au Paraiso de la Bonita. Tu sais, cet hôtel situé à Porto Morelos, près de Cancún, qui a été lauréat des « World Luxury Hotel Awards » en 2007...

— Ah non, je ne savais pas ! Mais quelle mémoire, dis donc ! Pour un peu, je croirais presque que tu es en train de lire la brochure...

— Mais quelle idée, ma chérie ! Lire la brochure ! Tu sais très bien que je n'entreprends jamais un voyage sans l'avoir préparé au détail près.

Ça, au moins, c'est vrai. Et Shirley a suffisamment eu l'occasion de crapahuter avec elle pour la savoir. Lors de leurs dernières escapades, elle lui piquait même ses guides pour éviter de se faire traîner dans toutes les visites et tous les sites. C'était sans compter la méticulosité avec laquelle sa mère avait tout préparé au préalable, notant jusque dans son Blackberry les programmes jour par jour (avec les noms précis des endroits à visiter, donc, et le temps qu'il fallait pour aller de l'un à l'autre).

— Mais je ne savais pas que tu partais. Je suis surprise, c'est tout… Tu rentres quand ?

— Dans trois semaines. Ils disent qu'il faut au moins ça pour se requinquer et être… hum… à peu près présentable.

— Mais ton boulot ? s'inquiète Shirley, peu habituée à voir sa mère s'échapper pour une période aussi longue.

— Justement… Je viens de lancer le gros œuvre de la maison de David, et les travaux du restaurant de Tribeca ont pris du retard parce qu'ils se sont aperçus au dernier moment qu'il leur manquait une autorisation pour poser la ventilation. Les cons. Je les avais prévenus ! Si seulement ils m'avaient laissée m'en occuper…

— Tu veux que je passe à l'appartement de temps en temps pour voir si tout va bien ?

— Non, non, ce n'est pas nécessaire. Asunción (reine de la tortilla et du balai) est là. Tu sais que quand elle est en charge de la maison, elle n'aime pas beaucoup qu'on la surveille. Non, ce n'est pas la peine que tu te déplaces, elle croirait que c'est moi qui t'ai demandé de passer parce que je ne lui fais pas confiance. Allô ?

— Je t'entends, maman…

— Allô ?

Fiona éloigne le combiné de son oreille. Une technique qu'elle emploie souvent pour couper court à des conversations.

— Allô ! Allô ? Zut, j'entends rien ! dit-elle, comme pour elle-même. Shirley ! Je n'entends plus rien, ça ne passe plus… je te rappelle quand j'arrive à l'hôtel.

Ouf ! Elle a raccroché juste au moment où la femme de ménage commençait à passer l'aspirateur. De l'autre côté de la ligne, Shirley regarde le téléphone qui sonne maintenant occupé. Et se précipite sur son ordinateur où elle tape Paraiso de la Bonita, histoire de se renseigner un peu… Ah oui, quand même ! Elle ne s'embête pas, la vieille ! se dit Shirley en faisant défiler les photos de la galerie. Rien que des suites avec vue sur mer et un bassin privé, des piscines paradisiaques, une plage de sable blanc qui s'étend sur des kilomètres, des golfs à portée de main (bon, ce n'est pas ça qui a dû attirer sa mère, elle déteste le sport). Et le spa, évidemment, qui a l'air d'être le comble non seulement du luxe, mais aussi des technologies de pointe.

Voilà. Une bonne chose de faite, se félicite Fiona en rayant de sa liste la ligne « prévenir Shirley ». Elle a évité la catastrophe de justesse. Si Shirley n'avait pas demandé si elle souhaitait qu'elle passe vérifier que tout était en ordre dans l'appartement, jamais elle n'aurait pensé à lui dire de ne – surtout – pas le faire, et là… sa fille aurait débarqué et l'aurait trouvée avec tous ses hématomes et ses bandages. Et elle connaît son franc-parler, qui est le même que le sien mais si fatigant parfois, Shirley ne l'aurait pas lâchée avant de connaître toute la vérité. Pour après se moquer d'elle en critiquant ses crises, de plus en plus fréquentes, aurait-elle souligné, de « jeunisme ». Shirley est encore à l'âge où les femmes se croient immortelles et inaltérables. Plus tard, elle comprendra.

Débarrassée de la case Shirley, elle a encore un ou deux coups de fils à donner avant d'être entièrement libre de faire ce qu'elle a à faire. Tout en composant le numéro du maître d'œuvre (tatoué, casquette, sexy et… très marié) qu'elle a retenu pour le chantier afin de lui donner son feu vert, elle va se préparer un thé dans la cuisine. Toute cette histoire se goupille comme sur des roulettes… En même temps que les travaux de la maison, elle va pouvoir commencer les siens. Le parallèle la fait sourire.

— John ! Bonjour, c'est Fiona McGregor. Tout est en place ?

— Tout va bien, confirme le type derrière lequel on entend des bruits de vent et de pelleteuse. Les hommes sont sur place, on attendait juste votre autorisation… En fait, on a déjà un peu commencé.

— Mais vous êtes dingues ! s'insurge Fiona pour le principe, pas mécontente au fond de pouvoir compter pour une fois sur un entrepreneur capable de faire preuve d'initiative. Et si on ne l'avait pas eue, cette autorisation ?

— Hé, ho, Fiona ! Ne vous énervez pas. Je me suis permis d'anticiper parce que je vous connais. Il n'est pas encore né, celui qui vous refusera une autorisation pour l'un de vos chantiers. Et puis…

Fiona sourit dans le combiné.

— Si on ne l'avait pas eue, cette autorisation… on aurait toujours pu reboucher les trous. En attendant.

— Mouais. Bon, de toute façon, la question ne se pose pas, puisque nous l'avons. John… Je dois m'absenter quelques jours, mais s'il y a le moindre problème, vous pourrez me joindre sur mon portable.

— OK ça marche. On démarre… N'hésitez pas à passer nous voir sur le chantier !

— Évidemment, vous me connaissez ! Je fais un saut dès mon retour. En attendant… portable, hein ?

— Portable, acquiesce John.

À peine a-t-elle raccroché que le téléphone se met à sonner. C'est David qui vient aux nouvelles.

— Alors, ils ont démarré ?

— À l'instant.

— Génial ! Il va falloir qu'on dîne tous les deux pour fêter ça. Que dirais-tu d'un soir de la semaine prochaine ?

— La semaine prochaine, ça risque d'être un peu compliqué... euh... je suis en thalasso au Mexique. Mais la suivante, c'est quand tu veux. Plutôt vers la fin...

— Jeudi ? Jeudi en huit, ça te va ?

— C'est parfait, claironne Fiona, en se demandant si ce n'est pas un peu présomptueux de sa part d'envisager une sortie douze jours après l'opération.

Au pire, elle pourra l'annuler, David est un bon copain... il comprendra. Ou alors elle lui racontera toute la vérité et, le connaissant, ça le fera rire pour le restant de ses jours. « Alors on se refait la façade, petite polissonne ! », elle l'entend d'ici. « Et comment je vais faire, moi, pour résister à tous ces nouveaux appas ? Hein ? » On ne s'affole pas. On se calme. Peut-être n'est-ce pas une très bonne idée, après tout, de cracher le morceau devant David. C'est que ça pourrait justement lui en donner, des idées...

— Très bien ! Alors à dans douze jours ! Et certainement au téléphone d'ici là. Pour le restaurant, j'ai une idée... Je ne dis rien, je passerai te prendre. Ce sera la surprise, ça te convient ?

— Parfait pour moi. J'adore les surprises...

— Et profite bien du Mexique ! Allez, ciao, ma belle !

Avant de reposer le téléphone, Fiona transfère la ligne directement sur son portable, ce qu'elle fait toujours lorsqu'elle part en voyage. Puis elle va dans la salle de bains, prend une longue douche avec son savon préféré (le gel à la coriandre de Kiehl's) et enfile une tenue de sport. Un jogging confortable, a précisé Richard Malloy. « Ce n'est pas tant pour rentrer que pour sortir de la clinique, a-t-il ajouté. Mais déjà, vous risquez de trouver que ça tire de partout, alors vous n'aurez pas, en plus, envie de vous sentir boudinée. » Elle met dans un sac quelques affaires, deux livres, son iPod auquel, après réflexion, elle ajoute les enceintes. Pas sûr qu'avec les cicatrices, elle puisse se poser un casque sur les oreilles. Et, refermant derrière elle la porte de son appartement, elle saute dans un taxi. Direction, Madison Avenue. Mais pas les boutiques, cette fois. Pour sa première opération, Fiona se rend à la clinique du docteur Malloy.

Lifting, acide hyaluronique, seins. Deux jours d'hospitalisation, cinq jours de disparition totale… et environ trois semaines de jachère sociale.

*

* *

— Aaaagh !

Alertée par les cris d'horreur de sa patronne, Asunción accourt dans la chambre où elle croyait toujours Fiona endormie. Mais celle-ci est réveillée, et bien réveillée, même. Et, debout devant la glace, elle hurle. Il faut dire, il y a de quoi. Toute la partie gauche de son visage bleu semble pétrifiée, l'œil gonflé et complètement fermé. De son œil droit, ouvert et où se lit une peur panique en même temps que le plus profond désespoir (une prouesse, soit dit en passant, d'arriver à exprimer, d'un seul œil au milieu d'un visage immobile et tuméfié, à la fois la peur et le désespoir), coule un flot de larmes. Fiona porte la main à sa joue gauche en sanglotant, et commence à se la taper et se la pincer avec rage.

— Mais madame Fiona… arrêtez, vous allez vous faire mal !

La fidèle Asunción, qui s'occupe de sa maison depuis près de vingt ans et s'est prise pour Fiona d'une affection quasi maternelle, se précipite pour lui attraper les poignets et l'empêcher de se frapper.

— Mais tu ne comprends pas, Asù ! Je ne sens rien ! Je peux cogner tout mon saoul, je ne sens rien… je ne peux même plus bouger tout ce côté-là du visage. C'est comme s'il était mort ! Et mon œil… je ne vois rien non plus !

Tout en essuyant les larmes de son seul œil valide, elle tape frénétiquement sur les touches trempées de son Blackberry pour essayer de trouver le numéro de portable de Malloy. « Putain, il ne m'a pas ratée, ce con ! Lui qui avait l'air si sympathique... et si confiant dans le succès des opérations... pour un peu, j'en oublierais presque que j'ai mal aux seins... » Elle tâte délicatement sa poitrine, comme pour s'assurer qu'elle est toujours là et que sur ce front-là au moins, il n'y a pas de bavure.

— Tu peux me faire le numéro, Asù ? demande Fiona à sa gouvernante en lui tendant le téléphone.

Terrifiée par ce qu'elle voit, ne sachant pas si c'est grave ou non – mais en tout cas, voir sa patronne toute bleue avec un demi-visage qui marche et l'autre qui ne veut plus rien faire, ça a l'air grave tout de même –, Asunción compose le numéro et rend le téléphone à Fiona.

— Vous m'avez défigurée ! hurle celle-ci, se surprenant elle-même du nombre de décibels dont elle est capable.

Et elle éclate en sanglots.

— Bon, Fiona. Essayez de vous calmer et racontez-moi tout... Où êtes-vous, en ce moment ?

Comme elle ne répond pas, le chirurgien poursuit.

— Vous êtes toute bleue et vous avez un œil – ou les deux – complètement fermé, c'est ça ? Un œil ou les deux, Fiona ?

— Un..., dit Fiona d'une toute petite voix, avant de se moucher bruyamment dans un Kleenex.

— Hum... ça pourrait être pire...

— Mais *c'est* pire ! Mon visage...

Silence au bout de la ligne. Puis Fiona croit discerner un vigoureux « Ah ! merde ! » À voix basse, comme dans un souffle. Mais vigoureux quand même.

— Il ne bouge plus, c'est ça... votre visage, Fiona. Fiona ?

— Oui. Il ne bouge plus, comme vous dites. Vous m'avez...

— C'est rien du tout. Je sais, c'est très impressionnant. Mais surtout, vous ne devez pas vous alarmer. J'aurais dû vous parler de cet effet postopératoire, c'est assez rare mais bon... j'aurais tout de même dû vous prévenir. Voilà. Alors, ce qui va se passer, c'est que petit à petit, votre visage va retrouver sa mobilité, et votre œil va se dégonfler. Mais il est possible que vous restiez comme ça encore quelques jours, ne vous inquiétez pas. Au bout d'une semaine, tout sera rentré dans l'ordre. Hum…

Il toussote.

— Et la poitrine ?

— Je l'avais presque oubliée, celle-là, mais puisque vous en parlez… ça fait atrocement mal, mais ils sont toujours là.

— Bon. N'oubliez pas les médicaments que je vous ai prescrits. Vous pouvez augmenter un peu les doses si vous avez mal, mais sans dépasser 3 grammes par jour. Je vous rappelle demain pour prendre des nouvelles. Ça ira ? Vous allez tenir le coup ?

— Bien obligée, soupire Fiona.

Et, alors qu'elle est sur le point de couper la communication, elle entend la voix de Richard Malloy :

— Fiona ? Vous devriez appeler quelqu'un. Votre fille, une amie… vous ne devriez pas rester toute seule chez vous.

— Mais tu ne m'avais pas dit que tu partais faire une thalasso au Mexique ? demande David en enlevant son manteau et son écharpe, qu'il pose sur le bras du fauteuil.

Lorsque Richard Malloy avait suggéré qu'elle appelle quelqu'un pour ne pas rester seule à la maison, elle avait d'abord pensé à Shirley, mais elle avait eu peur de ses sarcasmes, et de casser son image de mère (même à quarante-sept ans, avec une fille de vingt, une mère a une place à tenir ; une mère ne ment pas à sa fille et d'ailleurs… une mère ne ment pas tout court). Ses amies… hors de question de les appeler, et d'être ainsi obligée de leur livrer un secret qu'elles allaient s'empresser, elles, de livrer à la rumeur. Au fond, Fiona s'en fichait de ce que les autres pouvaient penser, mais elle ne voulait pas faire l'objet de ragots et de déjeuners entre filles. Elle voulait juste être belle, et qu'on la laisse tranquille. Pas ses amies, donc, si bonnes amies soient-elles, une femme reste une femme. Trop dangereux.

Alors elle avait appelé David, son vieux copain David qui en avait vu d'autres, et auquel son statut tout frais de client n'altérait en rien la complicité qui les unissait. David était le seul à pouvoir la voir dans cet état sans être horrifié, ni la juger, et à trouver les mots pour la faire rire (aïe ! rien que d'y penser, elle a mal) et pour la consoler.

Assise dans le canapé avec le plus d'élégance possible compte tenu de son état (avec l'aide d'Asunción, elle est quand même arrivée à se laver les cheveux et à enfiler un jean et un pull ample assez sexy), Fiona écarte les bras en un geste impuissant.

— Je n'allais pas non plus crier sur les toits que j'allais faire ça (elle touche son visage)... Tu sais comment sont les gens...

— Et... *ça* aussi, non ? complète David en posant les mains sur ses propres pectoraux.

Il sourit, à la fois désolé et presque attendri de voir son amie de toujours si désemparée. Bon, OK, elle s'est fait tirer et lifter et dérider et mettre des prothèses... mais il n'y a pas de honte à ça. Toutes les femmes le font. Fiona acquiesce d'un battement de paupière. Rougissante sous ses bleus.

— Ben dis donc... Il ne t'a pas loupée. Je comprends pourquoi tu as raconté à tout le monde que tu partais en thalasso... pour que personne ne te voie comme ça. Pour que personne ne sache, c'est ça ?

— Oui. Sauf que je n'avais pas prévu que j'allais me retrouver défigurée, paralysée et, forcément, on le serait à moins, complètement déprimée. En plus, avec l'effet des drogues et de l'anesthésie qui s'estompe... parce qu'à la clinique, ils m'avaient donné un truc qui me faisait planer, c'était formidable, je ne sentais rien. Et je ne pensais à rien. Mais là... putain de retombée sur terre !

— Mais ça va s'arranger très vite ! C'est ce qu'il a dit, non ?

— Une semaine. C'est long, une semaine, quand on ressemble à Shrek, enfin... mis à part la couleur.

— Moi je t'aime bien, en Shrek... Je trouve que ça te va bien.

Il la contemple de haut en bas.

— Ça doit faire un mal de chien, en plus. Non ?

— Bof... ça tire un peu... parfois ça élance...

— Mais tu as plus mal où ? En haut, ou en bas ?

— Je ne sais même pas... Tiens, tu ne voudrais pas me passer la boîte de comprimés, là... avec un verre d'eau. Du moment que je ne bouge pas, ça va, conclut Fiona comme pour s'excuser de ne pas se lever elle-même.

Elle lance à David un demi-sourire.

— Tu veux qu'on parle de la maison ?

Il la regarde, sidéré.

— Tu es incroyable, toi ! Tu viens de te faire charcuter de partout, et tu veux encore parler boulot ? Laisse la maison tranquille, elle va très bien, ton type est en train de faire des tranchées, pire qu'une armée de taupes... ça a l'air de se passer comme sur des roulettes.

Il va vers le fauteuil où il a déposé son manteau et ouvre un grand sac en papier que Fiona ne lui avait pas vu apporter.

— Aujourd'hui, c'est moi qui m'occupe de toi ! Alors...

Il farfouille dans le sac.

— J'ai fait un peu de shopping avant de venir. Voilà... Je t'ai pris une bouteille de champagne rosé – et frais ! – pour te remettre la tête à l'endroit, les bulles, il n'y a rien de mieux pour chasser le blues... Des chocolats noirs de la Maison du Chocolat, pour l'effet antidépresseur du lithium contenu dans le cacao et... ça c'est le mieux, à mon avis... l'intégrale de *Vingt-Quatre Heures* ! Si tu regardes non-stop, tu en as pour six jours. Et après, tadaaaaa ! (David tournoie sur lui-même en simulant un coup de baguette magique)... ton visage aura retrouvé sa mobilité et tes bleus auront disparu. Si tu veux mon avis, ce truc (il désigne les DVD)... on devrait le *prescrire* en cas de déprime.

Il va dans la cuisine et revient avec deux coupes à champagne, un seau à glace et tout un tas de mini-tomates, cubes de fromage et autres bretzels.

— Voilà, on est équipés ! dit-il en ouvrant la bouteille et en glissant le premier DVD de la première série dans le lecteur. On commence ?

— D'accord. Mais avant, il faut que je passe un coup de fil à Shirley. Je dois lui raconter ma thalasso, tu comprends !

— Tu n'es tout de même pas obligée ! Je veux dire… ce n'est peut-être pas *non plus* la peine d'en rajouter.

— Ah ! Mon cher, quand on ment, il faut être logique avec soi-même… on doit le faire jusqu'au bout !

*

* *

— Allô, Shirley !?

Assise au fond du canapé, un verre de champagne à la main, et le son de la télévision coupé, Fiona a décidé de mentir jusqu'au bout.

— Maman ! Je suis contente de t'entendre, dis donc. Tu ne m'avais pas dit que tu m'appelais dès que tu arrivais à l'hôtel ? Ça fait quand même trois jours…

— Oui, mais tu sais comment ça se passe, dans ce genre d'endroit ! À peine arrivé, on te prend en main, comme ils disent, et on te colle un emploi du temps de ministre. Entre le bilan médical, les séances d'essai pour les cours de gym, d'aquagym, de yoga, de Pilates, de stretching… on doit choisir trois cours qu'on fait en alternance avec les soins, au régime de six soins par jour et deux cours, alors tu vois… je n'ai pas eu une minute ! Enfin, maintenant, ça y est, tout est calé, je vais enfin pouvoir me reposer… enfin, me reposer, façon de parler ! Il paraît que le soir, on est mort. Mais alors, à part ça, quel endroit !

Fiona prend la brochure qu'elle a préparée à côté d'elle.

— Imagine un jardin tropical de quatorze hectares qui borde une plage de sable blanc et tu as le tableau. Et les chambres ! Là, je t'appelle de la terrasse de ma suite. Il fait encore trente degrés, je suis au bord du Jacuzzi, un verre de champagne glacé à la main... C'est divin ! Et devant mes yeux, la mer qui s'étale à l'infini... Aaaaah...

Elle soupire d'aise et attrape la télécommande de la chaîne.

— Attends, Shirl... je vais te faire écouter le bruit de la mer...

D'une main, elle lance un CD qui s'appelle *Sea, Sex and Sun*... et la pièce se trouve remplie du bruit des vagues qui se brisent langoureusement sur des rochers imaginaires. Et de l'autre, elle approche le téléphone du haut-parleur dissimulé dans le pied de la table basse.

— Tu entends ?

— Ouf ! fait la voix de Shirley. Ben dis donc... ça a l'air génial, ton truc, il faudra qu'on y aille ensemble... avec Keith, je veux dire. Et les soins, c'est comment ?

— Incroyable, tu ne peux pas savoir ! C'est simple, tu sais ce qu'ils m'ont dit, en arrivant ? « Madame McGregor, vous avez l'air vraiment fatiguée mais vous allez voir... après trois semaines ici, vous aurez une mine tellement éblouissante qu'on pourra presque croire que vous vous êtes fait un lifting ! »

Outré par le culot de son amie, et par son habileté aussi à préparer le terrain – mais ça, Fiona, préparer les terrains, elle a toujours su comment s'y prendre –, David, qui s'est montré discret jusque-là (en fait il arpente la pièce, silencieux comme un félin pour essayer de se faire oublier, après tout ce ne sont pas ses affaires), David manque s'étouffer dans son verre de champagne. Pensant qu'il s'apprête à protester, Fiona le foudroie du regard pour l'enjoindre de se taire et, sans vergogne, poursuit son histoire.

— C'est marrant, non ?

— Je ne sais pas si marrant est le mot, mais en tout cas… ça a l'air presque trop beau pour être vrai, ton truc. Trente degrés, ben dis donc ! alors qu'ici on se les gèle… il est quelle heure, chez vous ?

Fiona roule des yeux paniqués et tapote sa montre en direction de David. S'il est 6 heures du soir à New York, quelle heure est-il à Cancún ? Comme David, ne comprenant pas la question muette, brandit sa montre sous le nez de Fiona, qui indique 18 heures – « ça on le sait ! » forme Fiona avec ses lèvres… mais David ne lit pas sur les lèvres –, comme David donc, n'est d'aucune utilité pour ce qui est de lui fournir une réponse, Fiona a recours à sa technique habituelle.

— Allô, Shirl ? Shirley ?

Elle éloigne le combiné.

— Merde ! Je n'entends plus rien ! Shirley, ma chérie, je te rappelle… Ça ne passe plus très bien. Je crois qu'on va être coupées…

— Alors là, tu me scies !

David apporte la bouteille de champagne et les ressert, avant de porter un toast à Fiona.

— Chapeau ! Déjà, le coup de la mer, bon… et celui du lifting, carrément énorme… mais alors le truc du téléphone, « on n'entend plus rien, là… on va être coupées… » il faudra que je m'en resserve.

— Tu ne connaissais pas ? rigole Fiona. C'est pourtant vieux comme le monde. Et maintenant avec les portables… ça marche à tous les coups.

Elle éclate de rire, heureuse de partager une bonne blague avec son ami qui, contrairement à ce qu'elle avait craint un instant, a été plus amusé que choqué par sa bouffonnerie. Mais très vite, elle est rappelée à l'ordre par ses multiples cicatrices. Pas le moment de se gondoler à s'en faire péter le lifting !

— Tu m'étonneras toujours, toi…

David regarde Fiona avec dans les yeux quelque chose qui ressemble fort à de la tendresse, et remonte le son de la télévision.

*

* *

Fiona, 8 février.

Je dormais quand il est parti. Je m'étais endormie dans le canapé, et je me souviens vaguement qu'il m'a aidée à aller jusqu'à mon lit et qu'il m'y a bordée. Il a dû me donner mon comprimé, parce qu'il y avait la boîte et un verre vide sur la table de chevet, et que je n'ai pas eu mal, cette nuit. Il y avait aussi un petit mot : « Appelle-moi quand tu te réveilles… je passe quand tu veux ! Mille baisers, D. »… et à côté, une fleur. Une rose, rose… Depuis l'histoire du dîner, il y a deux ans, il n'ose plus trop m'envoyer de fleurs rouges. Et des roses (rouges) encore moins.

Je me demande comment il a fait pour la trouver… soit il l'avait apportée en venant, et l'avait laissée cachée dans le sac en papier. Soit il est descendu, pendant que je dormais, en acheter une au restaurant qui fait le coin de la rue… ils sont ouverts tard le soir, et ils ont toujours cette fille qui passe et qui laisse un panier de fleurs à vendre aux clients. L'idée qu'il ait pu descendre, juste pour m'acheter une fleur, me touche. Le fait qu'il accoure pour me tenir la main, qu'il soit aux petits soins, qu'il sache me faire rire et me consoler, me touche… mais c'est tout. Il n'y a rien de plus entre nous qu'une belle – très belle – amitié. Même si parfois, dans ses yeux, je lis autre chose que de l'amitié…

N'empêche, c'est à lui que j'ai pensé hier pour venir s'occuper de moi, et c'est à lui que je n'ai pas hésité à me montrer sous ce jour terrible que j'avais découvert le matin en me réveillant. Lui qui ne m'a jamais vue nue, il m'a vue plus nue que nue. Mais cela n'a pas d'importance. Je n'ai ressenti aucune gêne, aucune pudeur, je n'étais pas une femme en face d'un homme mais une amie en face d'un ami. Il n'y avait rien de sexué, il aurait pu être une fille et j'aurais pu être un homme, il n'y aurait pas eu de différence. Il était là quand j'avais besoin qu'il soit là, et j'étais bien. Et nous étions bien, parce que je crois que lui aussi, il était content d'être venu.

Je vais faire un brin de toilette, et l'appeler vers l'heure du déjeuner. Nous avons encore beaucoup d'épisodes à regarder.

★

★ ★

Quinze jours et six saisons de *Vingt-Quatre Heures* plus tard, Fiona a repris figure humaine. Les hématomes se sont résorbés, au point de n'être plus qu'un souvenir (mais quel souvenir ! En repensant au matin où, de retour chez elle, elle s'était vue dans la glace, toute bleue et paralysée, elle en a encore un haut-le-cœur), et ses traits ont retrouvé leurs jolies expressions et leur mobilité. Même son sourire, déjà létal avant l'opération, semble plus éclatant. Comme s'il prenait plus de place dans son nouveau visage lissé. Et le plus incroyable, c'est qu'elle ne sent rien. Ni élancements ni tiraillements, pas même une cicatrice qui gratte. Rien. Fiona a changé de peau, et sa peau ne s'en souvient pas. Un bon point pour Richard Malloy, il ne l'a pas volé après toutes les horreurs qu'elle lui a dites le jour de sa paralysie. Il faut reconnaître qu'il a été formidable : non seulement, comme promis, il l'a rappelée le lendemain mais aussi tous les jours qui ont suivi, pour s'assurer que les choses suivaient leur cours et que tout rentrait dans l'ordre ainsi qu'il l'avait prédit. Il est même passé la voir, un matin, il allait au bureau et il s'est arrêté. Fiona l'a laissé l'ausculter et il est reparti, satisfait. « Je voulais vérifier que vous étiez sur la bonne voie… » Il avait souri, lui aussi a un sourire très charmeur quand il n'est pas recouvert d'un masque vert. « Tout va bien, Fiona, tout va mieux que bien. Vous allez voir, dans dix jours, vous n'y penserez plus ! » Et en effet, cela fait à peine dix jours, et tout est déjà oublié.

Côté poitrine, c'est une autre paire de manches, si l'on peut dire. Là, ça fait *vraiment* mal. « Il faudra qu'ils prennent leur place », l'avait prévenue le chirurgien lorsqu'il lui avait fait promettre de respecter les deux règles d'or : la première, dormir sur le dos ; et la seconde, ne pas porter de soutien-gorge pendant au minimum un mois, le temps « qu'ils prennent leur place », donc, et qu'ils creusent leur sillon. Elle qui a toujours adoré la lingerie se sent un peu frustrée, d'autant qu'elle a anticipé en achetant, avant l'intervention, une multitude de balconnets en 90 B, une taille au-dessus des tristes 85 auxquels elle avait dû se résoudre depuis quelques années. Les seins, c'est comme les glaces… ça fond. Pour l'heure, avant de mettre en valeur la poitrine de ses vingt ans désormais retrouvée, il va falloir attendre… Et ne rien porter du tout, ce qui n'est pas sans présenter quelques inconvénients.

En entrant chez Saul, le restaurant à la mode de Smith Street, à Brooklyn, au bras de David, qui décidément fait un formidable chevalier servant, et en enlevant son manteau, Fiona sent tous les yeux se poser sur elle. Ou plutôt sur ses seins qui, elle ne sait pas pourquoi, attirent les regards comme des mouches. D'abord flattée – se faire reluquer la poitrine comme une gamine, cela fait belle lurette que ça ne lui est pas arrivé –, elle se félicite intérieurement d'avoir eu le courage de sauter le pas et de se faire opérer. Ce n'est qu'une fois les entrées commandées, lorsque sa voisine de table, exaspérée par les coups d'œil insistants de son vis-à-vis, ôte le châle qui lui entoure les épaules pour le lui tendre, que Fiona comprend qu'il y a quelque chose qui ne va pas.

— Il y a un problème avec mes seins ? demande-t-elle à David, qui la regarde (dans les yeux !), effaré.

— Euh… non. Enfin, je n'ai pas l'impression. Je ne vois pas ce qui…

Son regard dévie vers sa poitrine, bien obligé, après tout, elle lui a posé une question, il faut bien qu'il s'attarde un peu sur le sujet afin d'être capable de donner une réponse… et il se met à piquer un fard d'adolescent.

— Ah… euh…

Pris d'une quinte de toux que deux gorgées de vin blanc ne parviennent pas à faire passer, il mouline du doigt en direction de Fiona comme s'il avait quelque chose d'urgent à dire… mais qui ne voulait pas sortir. Fiona de son côté l'observe, intriguée, en se disant qu'à cet instant, il fait plus que son âge : un homme qui éructe, ça fait carrément vieux.

— Ah si quand même ! Enfin moi, ça ne me gêne pas, remarque…, se reprend David en souriant à l'intention de Fiona, et en fusillant la voisine du regard.

— Quoi ?

— Tes… euh…

— Bon, écoute… (Fiona pose ses deux mains à plat sur la table et rapproche son visage de celui de son ami.) Tu es un grand garçon, David. Tu peux me dire… avec des mots, tu vois, plutôt qu'avec des *Ah* et des *Euh* et des bouts de phrase… ce serait plus facile à comprendre. Si tu es en train de me dire, je ne sais pas, moi, que j'ai le téton en érection à cause de ce putain de froid qu'il fait dehors et qu'avec cette obligation débile de ne pas pouvoir porter de soutien-gorge, ça se voit comme le nez au milieu de la figure et que c'est ça qui fait bander tous ces… tous ces… tous ces *Turcs*…

— Je ne suis pas turc !

— Comment ?

— Je dis que je ne suis pas turc… Mais pour le reste, tu as raison. Si j'osais, je dirais que tu as mis le doigt pile dessus…

Fiona comprend tout d'un coup le pourquoi de tous ces regards et du mécontentement de la voisine, et probablement de toutes les femmes alentour.

— Oh merde !

Elle met les mains en coquilles sur sa poitrine, en se demandant comment elle va faire pour manger. Galant, David se lève et lui pose sa veste sur les épaules.

— Voilà… comme ça, il n'y aura plus de problème.

À la table d'à côté, la femme récupère son châle et l'attention de son compagnon, et le dîner se passe joyeusement. Soupe d'artichaut, agneau caramélisé de chez l'incontournable 3-Corner Field Farm (le it-fournisseur) et moelleux tiède au chocolat araguani à la crème de coco et aux amandes amères, le tout arrosé de deux bouteilles de chablis. En sortant, un peu éméchée, du restaurant, Fiona se dit que pour une première sortie, elle a fait très fort. Et ne voit pas, en se glissant dans la voiture dont David lui tient la portière, sa fille Shirley qui la fixe d'un air hébété.

25 février 01 h 10

De : Shirley@manhattan.com

À : Tatiana@girlpower.us

Cc : Eventia@dreamalittledream.com

Objet : fantôme… ououououh !

Les filles, vous ne savez pas ce qui s'est passé ! Je dînais tranquillement dans le boui-boui où on va tout le temps avec Keith, vous savez, l'italien juste à côté de la maison… c'est dans Smith Street, la rue où il y a tous les restaus, je suis sûre que vous voyez duquel je veux parler, le tout petit bistrot en longueur, un peu sombre, avec le mur en briques et le type (Giuseppe, gros, gras, blanc de peau et de farine… beurk ! Mais ses pizzas sont ouf !) qui fait ses pizzas en chantant du Bellini… pauvre Bellini !

Heureusement qu'il fait mieux (mille fois !) la pâte à pizza qu'il ne chante Norma *sinon... Bref, tout ça pour dire, nous étions tranquillement en train de dîner quand je vois une femme sortir du restaurant d'à côté (Saul, le type qui a une étoile au Michelin), complètement torchée et qui... on aurait dit ma* mère. *Sauf que ma mère est au Mexique en ce moment, en train de se dorer la pilule et de se faire un corps de rêve à coup de gym et de frozen margharitas (l'un annulant l'autre, probablement), alors...*

25 février 01 h 15

De : Tatiana@girlpower.us

À : Shirley@manhattan.com

Cc : Eventia@dreamalittledream.com

Objet : un citrate de bétaïne, et hop, au lit !

... alors il est 1 heure du mat' et toi aussi tu as dû pas mal boire... je vous connais, Keith et toi, je vous ai vus à l'œuvre l'autre soir, avec le chardonnay... à ce stade, il n'est pas rare de voir des fantômes de sa mère. Il arrive même qu'on les voie en double ! Allez, t'en fais pas, ma belle, elle est bien au pays des cactus et du guacamole, ta madrecita...

Girl Power !

Yo !

25 février 01 h 17

De : Shirley@manhattan.com

À : Tatiana@girlpower.us

Cc : Eventia@dreamalittledream.com

Objet : bloup...

Ououououh ! Ne me parle pas de ma mère en double... déjà une comme elle, ça suffit large ! Bon, je crois que tu as raison, je ferais mieux d'aller me coucher.

Girl truc, là...

Yo !

*

* *

— Non, Shirley… tu me fais marcher ! Ce n'est pas ta mère !

Keith a du mal à y croire. Cette femme qu'ils viennent d'apercevoir au bras d'un vieux beau qui n'est autre que David Stevenson dans les salles chinoises du Metropolitan Museum, et que Shirley lui a assuré (avec insistance, a-t-il cru discerner) être sa mère, lui ressemble, certes… mais elle est beaucoup plus jeune que la femme en peignoir qu'il se souvient d'avoir rencontrée, un dimanche matin en rentrant de son jogging, dans le studio de sa petite amie. Et comme, parfois – souvent ? –, les hommes sont maladroits, il rajoute ce qui, pour Shirley, est vraiment la phrase qui tue :

— Elle est trop jeune pour être ta mère, Shirl… on dirait que vous êtes sœurs.

On dirait que vous êtes sœurs… Combien de fois Shirley l'a-t-elle entendue, cette phrase, dans les boutiques où elles font leur shopping ensemble, dans les salons de thé, dans les bistrots, et même parfois dans la rue, quand les garçons se retournent sur ces deux blondes (fraise), sidérés de leur quasi-gémellité à quelques années d'intervalle. Longtemps en effet, on avait pu croire que Fiona était la sœur aînée de Shirley, en lui donnant quelque dix ans de plus, et encore les jours où elle était fatiguée. Mais cela s'était arrêté depuis quelque temps, Fiona commençait à accuser le coup et à faire son âge, libérant sa fille d'une comparaison qui souvent lui pesait. Déjà qu'il n'était pas facile pour une fille de faire ses études dans une université où il arrivait à sa mère d'enseigner, et où tout le monde la connaissait, et de se destiner au même métier, dans lequel elle aurait à se faire un prénom… on pouvait au moins laisser à Shirley le privilège de sa jeunesse. Elle pensait y être parvenue, elle pensait que la nature lui rendait enfin une justice qu'elle lui avait trop longtemps refusée, et voilà qu'ils croisaient sa mère au musée et que Keith, son propre petit ami, lui refaisait le coup de la « sœur ». Il faut dire qu'elle avait bonne mine, son voyage au Mexique semblait lui avoir fait le plus grand bien. Visage complètement reposé, tendu, repulpé... même sa poitrine, sous l'effet du sport ou d'on ne sait quelle thérapie indigène, paraissait s'être redressée.

— Ben si, Keith... C'est ma mère. Ma mère tellement en forme qu'on lui donnerait dix ans de moins, mais ma mère quand même. Tu veux que je te le prouve ?

Et sans attendre la réponse de son amoureux, elle l'entraîne à travers les salles à la recherche de Fiona. Ils trouvent le couple dans la salle des parchemins, en train d'admirer la minutie des dessins sur les rouleaux dépliés.

— Maman ! s'exclame Shirley en allant embrasser sa mère.

— Shirl ! Ça alors ! C'est drôle de se retrouver ici !

Elle tend la main à Keith.

— Bonjour, jeune homme !

— Bonjour euh... Madame, répond le garçon un peu platement, bien obligé de se rendre à l'évidence.

— Tu te souviens de David, ma chérie ?

— Je ne sais pas si elle se souvient de moi, mais moi je me souviens d'elle ! Je t'ai vue naître, s'exclame David en prenant Shirley dans ses bras et en faisant claquer deux bises bien sonores sur ses joues.

Il se recule pour pouvoir mieux admirer la jeune femme.

— Ben dis donc... Tu es devenue une vraie femme à présent. J'ai du mal à le croire. Et puis tu as pris le bon là où il était... Tout le portrait de ta mère !

David se tourne vers Fiona et pousse un soupir dans lequel un observateur attentif aurait pu discerner un poil de malice. Sous ses airs sérieux et policés, David est un coquin.

— Ça ne nous rajeunit pas, tout ça. Hein, ma Fiona ?

Shirley qui, la minute précédente, aurait pu lui sauter à la gorge pour ce qu'il avait dit au sujet du portrait de sa mère, pourrait maintenant l'embrasser. Keith sourit en la voyant se rengorger et gonfler sa chevelure, et résiste à la tentation de complimenter la mère, pour ne pas mécontenter la fille.

— Bon, mes enfants ! On les a assez vus, tous ces Chinois, vous ne trouvez pas ? Si on allait plutôt tous prendre un verre, là ?

Ils se rendent à pied au bar du Four Seasons (ça fait une trotte, mais la fin de journée est belle), où Fiona, autour d'une Margarita glacée, comme l'avait prédit Tattie, les régale des anecdotes de son soi-disant voyage au Mexique. Hilare, David se prend au jeu et, lorsqu'il sent son amie faiblir, pose des questions pour relancer son imagination.

— Tu devrais écrire des bouquins, lui dit-il en sortant, quand les enfants ont repris la direction de Brooklyn. Je n'ai jamais entendu quelqu'un décrire avec autant de détails un endroit où il n'a jamais mis les pieds.

— C'est une question de préparation. Tu sais, j'en connais autant sur les voyages que je fais vraiment, avant même d'y avoir atterri. J'ai lu tellement de trucs sur Internet et de brochures, j'ai regardé tellement de photos que c'est comme si j'y étais déjà. Et puis...

Elle lui sourit.

— Tu m'as pas mal aidée, quand tu as parlé des églises et tout ça... pour un peu, je les aurais oubliées.

— Tu n'allais pas faire croire à ta fille, que tu as traînée dans les églises du monde entier, que tu étais partie trois semaines sans en avoir vu une seule. Ça, c'était un coup à te faire piquer...

— Tu crois qu'elle a remarqué quelque chose ? demande Fiona, soudain inquiète.

— À mon avis, non. En revanche, le petit... je ne sais pas ce qu'il a vu, mais je peux te dire qu'il a bien regardé.

Fiona fait mine de ne pas y croire, mais intérieurement, elle glousse de plaisir.

— Oh ! Arrête tes bêtises ! Je pourrais être sa mère…

Plaire de nouveau à un homme de vingt-deux ans… voilà qui fait sa journée !

— Non mais tu as vu comment tu regardais ma *mère* ?

Shirley est hors d'elle. Elle s'est contenue pendant tout le chemin du retour, laissant à Keith le bénéfice du doute. Peut-être a-t-elle mal vu, ce regard qui s'attardait sur le visage de Fiona et qui, juste avant qu'ils ne se séparent, est allé s'alanguir sur sa poitrine. Mais ce con, il a fallu qu'il en rajoute encore une couche, en disant… comment a-t-il dit, déjà ? Ah oui ! Qu'elle était hyper baisable pour son âge. Pour commencer, on ne dit pas de la mère de sa copine qu'elle est hyper baisable, même « pour son âge », et s'il en est arrivé à ce genre de conclusion franchement déplacée, c'est qu'il a regardé. Keith a maté sa mère, qui a vingt-cinq ans de plus que lui qui vit avec elle, Shirley… et c'est juste inacceptable.

— Je commence à en avoir ma claque de ton goût pour les vieilles, Keith ! Tu n'as qu'à faire gigolo, tant que tu y es !

Keith commence à rire et s'approche de Shirley pour la prendre dans ses bras, mais la belle se débat et lui envoie des coups de pied.

— Ne m'approche pas, espèce de gérontophile lubrique. Ma mère ! Ma propre mère ! Non mais je ne sais pas si tu réalises…

— Hé, ho, Shirley. Tu vas te calmer, oui ! Je ne la regardais pas sous un angle lubrique, comme tu dis, mais sous un angle purement esthétique…

— C'est ça ! Enfonce-toi bien, vas-y, continue à me prendre pour une conne ! Un angle purement esthétique, mes fesses ! Et la lubricité, elle naît de quoi, à ton avis ? Ce ne serait pas de l'esthétique, par hasard ? Tu as déjà vu un mâle bander en matant un thon ?

Shirley fait une pause pour reprendre son souffle. Très sensible au langage, Keith la regarde d'un air carrément désapprobateur.

— Tu t'exprimes comme une poissonnière, ma chérie.

— C'est ça... et toi tu te comportes comme un maquereau ! Au moins, on fait la paire !

— À propos de paire..., poursuit Keith, toujours très calme. Tu crois que ta mère, euh... elle aurait pu se faire refaire les seins ?

Shirley lève les yeux au ciel. Se faire refaire les seins, sa mère ! Elle qui couine comme une souris à la vue d'une seringue, pour rien au monde elle ne se ferait charcuter si elle pouvait l'éviter. Bon, c'est vrai, ces derniers temps, les seins de Fiona commençaient à ressembler à du linge de toilette, mais de là à passer sur le billard... carrément impossible.

— N'essaie pas de détourner l'attention... tu dis n'importe quoi ! Jamais maman ne se ferait faire une chose pareille ! Elle aurait trop peur !

— Ah bon...

— Quoi, *ah bon* ?

— Rien. Je disais juste *ah bon*. J'avais cru. Parce qu'il n'y a que lorsqu'on se fait refaire les seins qu'on ne porte pas de soutien-gorge par moins cinq et qu'on a le téton qui pointe !

Keith baisse la tête pour esquiver la chaussure que Shirley lui envoie et se faufile derrière elle pour l'immobiliser de ses bras. Ils finissent sur le tapis en riant. Moins cinq dehors, et très chaud dedans !

15 mars 09 h 04

De : Shirley@manhattan.com

À : Tatiana@girlpower.us

Cc : Eventia@dreamalittledream.com

Objet : bistouri

Ho, les filles... ça vous paraîtrait possible que ma mère se soit fait refaire les seins en douce ?

15 mars 09 h 08

De : Eventia@dreamalittledream.com

À : Shirley@manhattan.com

Cc : Tatiana@girlpower.us

Objet : et pourquoi pas Photoshop tant que tu y es !

Mais où es-tu allée chercher une chose pareille ? Et puis, pardon, mais si ma mémoire visuelle est bonne, ta mère, elle n'a pas franchement besoin de retouches, je me trompe ?

15 mars 09 h 10

De : Shirley@manhattan.com

À : Eventia@dreamalittledream.com

Cc : Tatiana@girlpower.us

Objet : re

Ben non… enfin si… enfin… tout dépend quel âge elle veut faire…

15 mars 09 h 11

De : Tatiana@girlpower.us

À : Shirley@manhattan.com

Cc : Eventia@dreamalittledream.com

Objet : Bistouri, bistouri… plutôt souris, non ?

Dis donc, ma loutre, j'arrive un peu tard dans la conversation, mais c'est quoi, ces conneries ? Tu ne nous avais pas dit que ta mère grimpait sur une chaise à la seule pensée d'une aiguille ? Alors se faire charcuter la poitrine pour mettre des méduses en silicone, ça m'étonnerait. T'imagines ? Ça doit faire un mal de chien, ce truc ! Tiens, pour un peu, c'est moi qui me sentirais mal… Non mais franchement… Qu'est-ce qui a bien pu te mettre une idée pareille dans la tête ?

15 mars 09 h 15
De : Shirley@manhattan.com
À : Tatiana@girlpower.us
Cc : Eventia@dreamalittledream.com
Objet : cerise sur le gâteau
Figurez-vous… non, vous n'allez jamais vouloir me croire…

15 mars 09 h 16
De : Tatiana@girlpower.us
À : Shirley@manhattan.com
Cc : Eventia@dreamalittledream.com
Objet : ON VEUT LA CERISE !
Oh alleeeeez ! Tu ne vas pas nous faire ta chochotte…

15 mars 09 h 18
De : Shirley@manhattan.com
À : Tatiana@girlpower.us
Cc : Eventia@dreamalittledream.com
Objet : bon…
Bon, OK… Figurez-vous que c'est Keith. Il l'a vu au fait qu'elle ne portait pas de soutien-gorge et que ses tétons pointaient. On s'est rencontrés au musée, elle était avec son vieux copain, enfin il n'est pas si vieux que ça, il a quelques années de plus qu'elle, mais ça fait longtemps qu'ils sont copains… et je ne sais pas si c'est son *copain… remarque, ça se pourrait… Bref, on se rencontre au Metropolitan Museum, on va tous prendre un verre, et je voyais bien que Keith la matait avec insistance… ça m'a énervée, d'ailleurs, grave. Bon, je vous passe la scène, parce qu'il y a eu une scène, vous me connaissez ! Ma propre mère, merde, quand même ! Et c'est là, à la suite de cette scène, donc, que Keith m'a expliqué qu'il ne la matait pas du tout mais qu'il avait l'impression qu'elle s'était fait refaire les seins.*

15 mars 09 h 20
De : Tatiana@girlpower.us
À : Shirley@manhattan.com
Cc : Eventia@dreamalittledream.com
Objet : crrrrrrr (body language)
LOL !

15 mars 09 h 21
De : Eventia@dreamalittledream.com
À : Shirley@manhattan.com
Cc : Tatiana@girlpower.us
Objet : je dirais même plus
Ah ouais, carrément ! LOL !

15 mars 09 h 22
De : Shirley@manhattan.com
À : Tatiana@girlpower.us
Cc : Eventia@dreamalittledream.com
Objet : vraies copines !
Ben quoi ? Je savais bien que vous n'alliez pas me croire ! Je n'aurais jamais dû vous raconter ça. Bon, arrêtez de déconner, les filles… vous en pensez quoi ?

15 mars 09 h 30
De : Eventia@dreamalittledream.com
À : Shirley@manhattan.com
Cc : Tatiana@girlpower.us
Objet : re
Ben… qu'il lui matait les seins, c'est tout. Cela dit, il est assez fort, le mec. Aller inventer, et surtout arriver à te faire gober, son histoire de chirurgie esthétique, alors là… chapeau ! Tu es de mon avis, Tattie ?

15 mars 09 h 32
De : Tatiana@girlpower.us
À : Shirley@manhattan.com
Cc : Eventia@dreamalittledream.com
Objet : nez qui rallonge… et nous on s'en fout du nez !

Carrément. Keith t'a monté un char parce que tu l'as surpris en train de mater. C'est tout. Mais ne t'en fais pas, Shirl… c'est pas grave, tu sais. Ils ont ce truc avec leurs yeux, les mecs… il y a des formes qui les attirent, il n'y a rien à faire. Un peu comme les chiens avec les réverbères, tu vois ? Moi je m'y connais un peu mieux en chiens, mais bon… c'est pareil…

15 mars 09 h 33
De : Shirley@manhattan.com
À : Tatiana@girlpower.us
Cc : Eventia@dreamalittledream.com
Objet : ???
Et alors je fais quoi ?

15 mars 09 h 34
De : Tatiana@girlpower.us
À : Shirley@manhattan.com
Cc : Eventia@dreamalittledream.com
Objet : re

Ben rien, qu'est-ce que tu veux faire ? Tiens-le un peu à l'œil, c'est tout…

Ouh là, il faut que je file, moi ! Je dois emmener Drag Queen à son cours de danse. Vous avez déjà entendu parler de ce truc ? « Danse avec les chiens », ça s'appelle. Il paraît que ça améliore significativement le comportement de l'animal, ça le rend plus sociable… Enfin, c'est ce qu'ils racontent, je ne peux rien dire encore, ce n'est que la deuxième fois que nous y allons…

Bon, allez, Shirl… Girl Power, hein ?

15 mars 09 h 40
De : Shirley@manhattan.com
À : Tatiana@girlpower.us
Cc : Eventia@dreamalittledream.com
Objet : Girl Power… what else ?
Je n'ai pas vraiment le choix, si ?
Bon, allez… Yo !

*
* *

Fiona, 3 mai.

Le Botox, j'ai cru défaillir. Ce n'est pas tant la douleur, franchement, avec la crème que le médecin m'avait prescrite pour que je la mette avant, je n'ai rien senti. Mais c'est la peur ! Ça me fait tellement flipper, les aiguilles, que la perspective d'en avoir une plantée entre les deux yeux m'a empêchée de dormir pendant au moins deux jours. Et tout ça pour rien, parce que vraiment, ce truc, ce n'est pas la mer à boire.

Je pensais avoir fait le plus dur, avec le visage et les seins et tout… mais je crois que le plus dur est à venir. J'ai rendez-vous demain pour la deuxième opération, celle qui doit m'enlever quelques kilos de capiton sur le ventre et les hanches (bon, OK, et un peu les fesses aussi, hein, et les bras tant qu'on y est !), ce qui fait que normalement, dans quelques semaines, je devrais cesser de ressembler, de face, au sol de la maison originale de Gins et Arakawa. Vous savez, le truc granuleux que David et moi avons décidé de zapper. Entre parenthèses, j'ai trouvé une dalle de granit gris qui sera formidable ! En plus, avec ses nombreuses aspérités, elle respecte le concept. Bon, d'un peu loin, OK, mais quand même ! Ce sera un sol un peu accidenté sur lequel il suffira de marcher pieds nus pour stimuler toutes les terminaisons nerveuses. J'ai trouvé ça très fort, c'est un bon compromis entre l'esthétique et l'efficacité, je me demande même si je ne devrais pas le faire déposer. On pourrait appeler ça un sol réflexologique… hum… ou la réflexologie par le sol. Pas mal, pas mal…

Enfin, en attendant, demain, il va falloir s'y recoller. À la clinique du docteur Malloy, je veux dire. Et même si je sais que, tant que je serai là-bas, je ne sentirai rien, avec la perfusion et tout… c'est comme de se faire enlever les deux autres dents de sagesse, vous savez… le plus dur, c'est d'y retourner. C'est ça, le plus dur.

Bon. Après, ce sera fini et je serai magnifique. On se motive comme on peut, pas vrai ?

★

★ ★

Cette fois-ci, David n'a pas laissé à Fiona ne serait-ce qu'une chance de déprimer toute seule dans son appartement. Lorsqu'il a appris qu'à peine remise de la première, elle se faisait faire une autre intervention, il l'a cuisinée pour avoir la date et lui a déclaré qu'il l'accompagnerait à la clinique, qu'il irait la chercher et que, dans la mesure où elle aurait besoin, comme la dernière fois, de disparaître aux yeux du monde, il l'invitait – fermement plutôt que vivement – à venir passer trois semaines dans sa cabane des Hamptons. Tout près de là où il faisait construire la nouvelle, ce qui, si Fiona n'était pas prête à assumer trois semaines de vacances pour simplement se reposer, lui fournirait toujours l'excuse professionnelle – qu'elle pourrait même donner à Shirley sans être obligée cette fois-ci de lui mentir complètement – de se retrouver à deux pas de son chantier. D'autant que les travaux avaient bien avancé, que le gros œuvre était pratiquement terminé et qu'en effet, c'était le moment de s'atteler à l'intérieur, qui demandait une présence plus régulière et une surveillance assidue.

Ainsi se retrouvent-ils tous les deux, un gin tonic à la main, sur la terrasse en teck de la maison de David, en train de regarder le soleil de mai se coucher dans l'océan. En fait de cabane, c'est une grande bicoque tout en bois qui donne directement sur le sable et la ligne bleue de l'horizon. « Tout ce que j'aime, pense Fiona. Je suis ravie qu'il le fasse, mais pourquoi aller s'embêter à construire ce bunker d'avant-garde à deux pas d'ici, quand on a déjà l'une des plus jolies maisons du littoral ? Simple, toute simple, mais désarmante justement dans sa simplicité. Les goûts des hommes, parfois... » Fiona hausse les épaules et secoue la tête en se souvenant du goût immodéré de son ex-mari pour les chaussettes rayées.

— Pourquoi tu souris ? demande David en prenant son verre pour leur resservir un gin tonic.

— Je souris, moi ?

Le visage de Fiona se fait soudain plus grave. Sourire... ce sont les seuls muscles de son corps qu'elle peut encore bouger. Entre la gaine qui la couvre presque intégralement de sous les seins aux genoux, et qui n'est pas franchement un modèle Victoria's Secret, c'est le moins que l'on puisse dire, les bas antivarices que même sa grand-mère n'aurait jamais osé porter, et les élancements qu'elle ressent partout dans son corps à chacun de ses mouvements, heureusement qu'elle peut sourire ! Elle tend la main pour prendre le cocktail que David lui a préparé, et le porte à ses lèvres en grimaçant de douleur.

— Aïe !

— Il est trop fort ? Tu veux que je rajoute du tonic ?

— Non, c'est pas ça... c'est ce truc, là (d'un geste du menton, elle désigne la partie inférieure de son abdomen)... je suis complètement coincée, j'arrive à peine à bouger.

— Ça fait mal ? Tu veux que je t'apporte un comprimé ?

David est déjà sur le point de se relever pour aller dans la chambre d'amis chercher les antalgiques de Fiona, quand celle-ci l'arrête d'un sourire. Maintenant qu'elle sait qu'elle peut sourire, autant en profiter.

— Non, merci… J'ai déjà eu ma dose aujourd'hui. Et puis (elle fait tinter les glaçons dans son verre)… je ne suis pas sûre que ce soit une très bonne idée de les prendre avec *ça*. L'alcool et les médicaments, ça n'a jamais fait très bon ménage. Mais merci, David… tu es vraiment gentil, tu sais ?

David est vraiment gentil. Et vraiment amoureux, aussi. Que son amie l'ait appelé, lui, au secours après sa première intervention, et qu'elle se soit montrée aussi vulnérable l'a profondément touché. Et le fait que, cette fois-ci, elle ait accepté de faire de lui son complice vis-à-vis de sa fille et du reste du monde, et de venir se réfugier avec lui dans cette maison, a fait renaître tous ses anciens espoirs, partis en fumée depuis deux ans à cause d'un foutu dîner. En repensant à cette soirée où il n'était même pas, David fronce les sourcils. Il aurait pu, lui, les défendre de ces commérages, il a l'habitude de retourner à l'envoyeur ses sarcasmes et ses regards mauvais, par une phrase lapidaire sur des petits secrets que l'autre aimerait bien ne pas trop ébruiter. David sait sur les uns et les autres des choses que la plupart ignorent, simplement parce que l'attention qu'il manifeste à ses interlocuteurs les amène très vite à lui raconter leur vie… où il y a toujours quelque information à glaner, et qui peut resservir. Par exemple, le Lindsay Peters en question, par qui le scandale est arrivé, et que David connaît pour lui avoir acheté quelques œuvres, cache un enfant adultérin avec sa secrétaire, ce qui, dans la société new-yorkaise, aussi puritaine qu'elle est dévoyée, la fout mal, comme on dit.

— David ?

La voix de Fiona le sort de sa rêverie. L'heure n'est pas – encore ? – au badinage. Ses yeux se posent sur son amie, qui ne semble pas au mieux de sa forme, mais le chirurgien les avait prévenus. Le troisième et le quatrième jour risquaient d'être douloureux, et pouvaient, comme la dernière fois, s'accompagner d'un coup de blues dû à l'arrêt des drogues. Il fallait être vigilant.

— Tu veux que je t'aide à rentrer à l'intérieur ? propose David.

Fiona acquiesce d'un battement de cils qu'il ne peut s'empêcher de trouver charmant. Il la soutient tandis qu'elle regagne la chambre, et à peine l'a-t-il déposée sur son lit qu'elle s'endort. Debout contre le chambranle de la porte, il l'observe un moment interminable avec dans le regard une expression qui en dit long sur ses sentiments. Cette femme qui a besoin de lui et qui lui construit sa maison… cette femme *est* sa maison.

★

★ ★

Fiona croit mourir. En se réveillant ce matin, elle a senti comme une boule au niveau de son sexe. Grosse. N'osant pas regarder – elle est bien décidée à ne pas se laisser terrifier cette fois-ci par les hématomes, les bleus et autres suites postopératoires qui sapent le moral inutilement puisqu'ils finissent par disparaître –, elle passe la main délicatement sur la seule partie épargnée par la gaine (pour des raisons évidentes). Et là…

— Aaaaahhh ! hurle-t-elle dans son oreiller, un cri muet mais un cri quand même.

Intérieurement, elle se félicite d'avoir eu la présence d'esprit, avant de crier sa terreur et de fondre en larmes, d'enfouir son visage dans un coussin de plumes et de plonger sous la couette. Surtout de ne pas alerter David. Ils ont beau être les meilleurs amis du monde, à en juger par l'excroissance qui palpite sous sa main, la catastrophe ici présente nécessite une intervention médicale plutôt qu'amicale. Et il y a des choses qu'il vaut mieux garder pour soi.

Sur la pointe des pieds pour éviter de faire craquer le plancher et, ainsi, de montrer qu'elle est réveillée, ce qui ne manquerait pas de faire accourir son hôte (enfin accourir n'est pas vraiment le terme, il viendrait discrètement gratter à la porte et, si elle ne répondait pas, risquerait un « Hé, Fiona ! Fiona, tu dors ? »), Fiona se glisse hors du lit et va se planter devant la glace de la salle de bains. Elle s'était pourtant juré de ne pas le faire avant les trois semaines réglementaires pour retrouver figure – en l'occurrence silhouette – humaine, mais la situation nécessite d'être regardée en face.

Ne sachant ce qu'elle va trouver et s'imaginant le pire (une trompe d'éléphant, un furoncle géant... un pénis !), elle soulève doucement le long T-shirt qui lui tient lieu de chemise de nuit, et détourne les yeux avant même d'avoir vu quoi que ce soit. C'est plus fort qu'elle, elle ne peut pas. Elle laisse tomber le T-shirt en grimaçant. Allez, courage, ma vieille, se harangue-t-elle. Il faut regarder ce... ce truc. D'une main tremblante elle remonte le vêtement, s'obligeant cette fois à garder les yeux ouverts droit devant elle. Et ce qu'elle voit apparaître dans le miroir la stupéfie. Alors ça... même les types qui ont inventé les effets spéciaux d'Elephant Man n'auraient pas osé. Fiona, femme blanche et fraîchement liposucée de quarante-sept ans, a sous les yeux, qui surgit dans le seul espace non couvert par la gaine... une énorme chatte toute noire. De la taille d'un pamplemousse.

De nouveau, elle ouvre la bouche pour crier, mais aucun son ne sort. Alors elle retourne dans la chambre, se blottit dans le lit en rajoutant une couverture comme si le fait de se cacher suffirait à faire disparaître tout ça et, d'un geste décidé, compose le numéro de portable de Richard Malloy. On est dimanche. Tant mieux ! Sept heures et demie du matin. Parfait. S'il veut jouer les apprentis sorciers avec elle, qu'il en profite un peu, lui aussi ! La première tentative s'avère infructueuse, elle a même l'impression qu'il lui raccroche au nez. Mais c'est sans compter avec la conscience professionnelle du chirurgien qui, reconnaissant le numéro de sa patiente, la rappelle aussitôt.

— Fiona. J'allais vous appeler aujourd'hui, justement. J'attendais juste qu'il soit un peu plus tard pour ne pas vous réveiller (et toc !). Alors, dites-moi… comment ça se passe, cette fois-ci ?

— Bah… vous ne m'aviez pas dit que vous alliez en prime me transformer en homme ! susurre Fiona à voix basse, pour que David, qui bouge dans la pièce voisine, n'entende pas.

— Comment ? demande le médecin. Je crois que je n'ai pas bien compris ce que vous avez dit, là. Pourriez-vous répéter un peu plus fort, s'il vous plaît ?

— Je ne vais pas répéter un peu plus fort, poursuit Fiona, toujours sur le même ton. Si vous imaginez que j'ai envie d'alerter la terre entière ! J'ai-un-problème-de-chatte, articule-t-elle…

— De date ? répète le médecin, qui décidément ne comprend rien.

— Non. Ouvrez vos oreilles, merde ! De chatte !

— Mais Fiona, je ne suis pas vétérinaire !

S'ensuit un grand rire, qui s'interrompt aussitôt. L'humour – noir ! – à 7 heures et demie un dimanche matin… pas sûr que ce soit une très bonne idée.

— Richard. Je parie que vous savez très bien de quoi je parle ! Mon sexe… ce n'est plus un sexe de femme que j'ai, c'est… c'est un gros pénis rond de la taille d'une papaye. Il a poussé pendant la nuit. Pof !

Et, devant l'incongruité de la situation, Fiona ne peut s'empêcher, elle aussi, d'éclater de rire.

— Ce n'est pas drôle ! se lamente-t-elle.

— Non. Je vous comprends. On en a parlé, pourtant, vous ne vous rappelez pas ? Le bleu-noir et le gonflement, c'est normal : c'est l'hématome qui descend.

Comme Fiona ne répond pas, Richard poursuit ses explications.

— Et comme partout ailleurs, il est contenu par la gaine, eh bien… il sort par là où il peut. Bon, cela dit, je reconnais que pour une femme, ça doit faire un drôle d'effet…

— Mais ça va durer combien de temps ? C'est très gênant, cette forme de… de priapisme. Ça va se voir…

— Mettez un vêtement ample aujourd'hui… demain, déjà, ça aura dégonflé. Et à part ça… vous n'avez pas trop mal ?

Fiona tâte son corps à travers la gaine pour voir si elle a mal. Non, *a priori*.

— Ah non, sur ce plan-là, ça se passe à merveille. Je ne sens absolument rien. Un petit tiraillement, peut-être… mais c'est juste pour dire quelque chose !

— À la bonne heure ! Vous voyez, on ne peut pas tout avoir non plus…

Au loin, on entend une voix d'homme.

— Bon, le devoir m'appelle. Je vous passe un coup de fil demain, Fiona, OK ? Et si vous avez le moindre souci d'ici là, vous connaissez mon numéro !

Sur quoi, il raccroche. Encore un de foutu ? s'interroge Fiona. Le docteur Richard Malloy serait-il gay ? Si beau et si sympathique… et si perdu pour la gent féminine ? Quel gâchis, tout de même !

— Je ne savais pas que tu avais un animal ! dit David en entrant dans la chambre avec le plateau du petit déjeuner. Moi aussi, tu sais, j'ai eu des malheurs avec ma chatte…

— On écoute aux portes, maintenant ?

— Je t'ai entendue t'agiter, alors je suis allé préparer le petit déjeuner… et voilà !

Il pose le plateau à côté du lit et tire un fauteuil dans lequel il se laisse tomber. Puis il commence à beurrer une tartine, qu'il tend à son amie. Comment résister à un homme qui vous beurre vos tartines ?

— Qu'est-ce que je disais ? Ah oui ! Ma chatte… c'est très triste… elle était tellement vieille que j'ai dû la faire piquer.

*

* *

La maison avance bien. Ils sont allés la voir la semaine dernière. Après dix jours de repos, Fiona se sentait mieux, son attitude était moins rigide et elle était tout à fait d'attaque pour faire bonne figure sur le chantier. Incroyable la vitesse à laquelle tout a poussé ! Il y a à peine quatre mois, le terrain était encore vierge. Et maintenant, la maison est debout, les fenêtres sont posées et ils n'attendent que la livraison des dalles pour commencer les sols.

Si David veut profiter de ce projet pour dire à Fiona ce qu'il a à lui dire, il a intérêt à se dépêcher. Bientôt, la maison sera terminée et son amie repartira dans la nature. Et une fois encore, il aura laissé passer le train. Comme il y a deux ans. Comme depuis que son épouse est morte… comme depuis qu'il connaît Fiona, en fait. Il a l'impression désagréable que toute leur vie, ils se sont ratés… et que s'il ne fait rien, cela va continuer. Il y a des histoires comme ça. David en connaît plein. Des personnes qui se sont trouvées dès le début et qui n'ont jamais réussi à être ensemble parce que ni l'une ni l'autre n'a eu le courage d'appeler leur sentiment de l'amour et de le dire à l'autre. Souvent elles ont passé leur vie à se fourvoyer en appelant cela de l'amitié, une très belle amitié, mais rien de plus. C'est plus pratique, parfois…

David a décidé qu'il ne voulait pas, une nouvelle fois, rater le coche. Il est libre, Fiona aussi, alors pourquoi ne pas tenter le coup ? Il n'attendra pas que la maison soit finie, il n'attendra même pas que son amie regagne New York après ses trois semaines de convalescence. S'il ne fait rien, dans quatre ou cinq jours, elle sera partie. Il l'a sous la main, et dans un lieu qui n'est pas dépourvu de romantisme, autant en profiter pour lui faire sa déclaration. Au pire, il essuiera un refus, mais il est capable de l'assumer. Ils sont adultes, après tout, et la vie est trop courte – ce qu'il en reste, ils en ont déjà tous les deux un bon morceau derrière eux – pour perdre plus de temps.

En fin d'après-midi, il ira acheter des homards. Et il parlera à Fiona.

Sur la terrasse protégée du vent, David prépare le barbecue. Au port, il a acheté chez les pêcheurs qui ramenaient leurs bateaux deux homards du Maine (les homards sont toujours vivants, mais leurs heures sont comptées) et en a profité pour faire un tour chez le caviste. Tandis que Fiona prépare une salade dans la cuisine, il débouche une bouteille de chardonnay, sert deux verres et remet la bouteille au frais. Ce n'est pas la température extérieure qui va réchauffer le vin, il doit faire dix-huit degrés et il a allumé le champignon chauffant pour leur permettre de dîner dehors, mais il sait que Fiona préfère le chardonnay glacé… et lui aussi d'ailleurs.

— C'est génial d'avoir acheté ces chauffages extérieurs ! Tu veux que je t'en commande pour la nouvelle maison ?

Fiona pose le saladier sur la table. Il ne l'a pas entendue arriver. Il y a cette chose, aussi, songe David en observant son amie du coin de l'œil. Cette chose qui le rend fou : sa manière de se déplacer sans faire de bruit, et de se matérialiser à côté de vous sans qu'aucun signe ne l'ait annoncée. Si Fiona n'est pas une fée – et uniquement parce que les fées n'existent pas, parce que si elles existaient, Fiona serait la première ! –, elle se déplace comme telle. C'est simple, on dirait qu'elle vole. Elle se laisse tomber dans la chaise longue qui regarde la mer et prend le verre que David lui tend.

— Hmmm… c'est délicieux ! Il vient d'où ?

— Mondavi. C'est le caviste qui me l'a conseillé. Il a un drôle de look, ce type, on l'imaginerait plutôt en train de tenir un magasin de disques dans le Bronx qu'une petite boutique dans les Hamptons, mais bon… il a du flair et découvre toujours des produits originaux. En plus, il a un don pour en parler, on boit littéralement ses paroles… c'est le cas de le dire. Il faudrait que je t'y emmène, un jour…

— Avec plaisir !

Elle se tourne vers le barbecue où crépitent les homards.

— Dis donc… ce n'est pas en train de brûler ?

— Oh merde !

David s'empare d'une pince et déplace les bêtes sur la grille. Rien de grave. Juste un bout de carapace qui a dû tomber dans le feu.

— Tout va bien ! Ce sera prêt dans cinq minutes. Tu voudras du citron ?

Fiona se lève, mais David l'arrête d'un geste.

— Laisse, je vais y aller. Reste assise, je reviens tout de suite.

La nuit est presque complètement tombée maintenant et Fiona allume les bougies qui sont dans les photophores sur la table. C'est bon d'être ici, songe-t-elle. Elle qui ne prend que très rarement des vacances, elle vient de passer, malgré les petits désagréments des suites opératoires, l'un des moments les plus agréables de sa vie. Elle en a pris conscience ce matin en se réveillant, elle était là, elle était bien, elle était heureuse… Il y a des évidences devant lesquelles il ne sert à rien de lutter, et puis d'ailleurs, pourquoi lutter. La vie est trop courte… Il faut qu'elle parle à David.

Lorsque celui-ci revient avec des citrons verts, une très bonne huile d'olive et la deuxième bouteille de vin dans un seau à glace, sa décision est prise. Elle le laisse servir les homards et s'asseoir, avant de se lancer d'une voix douce :

— David… Il faut que je t'avoue quelque chose…

À l'intonation de Fiona, les yeux de David brillent d'espoir. Se pourrait-il qu'ils soient sur la même longueur d'ondes… enfin ?

— Moi aussi, j'ai quelque chose à te dire. Mais vas-y d'abord…

Si seulement elle lui disait ce qu'il rêve depuis toujours d'entendre ! Cela lui éviterait de devoir cracher le morceau, lui, et ça l'arrangerait bien. David ne s'est jamais senti très courageux devant les femmes, et devant celle à laquelle il tient plus que tout… encore moins.

— Voilà… C'était très gentil à toi de me faire venir ici et de t'occuper de moi comme tu l'as fait, et tu as eu raison, parce que…

Fiona toussote, boit une gorgée de vin, tousse encore. Ce qu'elle a à dire n'est pas facile, jamais elle n'a eu à engager une démarche pareille, elle ; en général ce sont les autres qui la font…

— Bon, poursuit-elle en prenant son courage à deux mains, avant d'être de nouveau arrêtée par une quinte de toux. Je ne vais pas y arriver, hein ?

La gorge nouée par l'émotion, David l'encourage du regard. On a vraiment l'air de deux cons, pense-t-il. De deux vieux cons, même pas capables de se dire les mots simples que les ados se répètent tous les jours.

— David… voilà… ces derniers jours, j'ai passé ici les plus beaux moments de ma vie, bon… je ne vais pas te faire un dessin non plus, hein, c'est mon métier de faire des dessins tout le temps alors on va se dire qu'on oublie le boulot cinq minutes, hein, pour parler d'un truc, comment dire… plus privé.

Sentant une bouffée de chaleur lui monter au front, ce qui, il le sait, le fait ressembler au homard mais il compte sur la nuit pour n'en rien dévoiler, David commence à se dandiner sur sa chaise, les mains moites… et les pieds poites. Nous y voilà, nous y voilà.

— On s'entend bien, on se connaît depuis longtemps, alors je me suis dit…

David tend la main et s'apprête à prendre celle de son amie. Ce qu'il ne fera pas, ce qu'il ne fera décidément jamais parce que…

— David…

Fiona le regarde droit dans les yeux.

— Accepterais-tu de me vendre cette maison, quand tu auras emménagé dans la nouvelle ?

Que répondre à cela ? David ne répond rien et se perd dans la contemplation de son vin.

*

* *

Fiona, 25 mai.

Ça y est, je suis rentrée à la ville. Pour tout dire, je n'étais pas mécontente de regagner mon appartement, que cette chère Asunción avait récuré de long en large pendant mon absence. Elle adore faire un grand ménage, comme ça, de temps en temps, Asunción. Elle dit que ça enlève les mauvaises ondes et que ça chasse les esprits malveillants qui ne manquent pas de se cacher dans les recoins où l'aspirateur n'accède que rarement. Elle aspire les esprits, et avec eux les diableries. Comme si elle me rénovait le karma.

Je crois que j'ai fait une gaffe. En demandant à David s'il accepterait de me vendre sa maison, à moi, plutôt que de la mettre dans une agence qui se prendra une commission astronomique et qui vendra au plus offrant, sans se soucier si les acheteurs iront avec l'endroit, s'ils l'apprécieront à sa juste valeur comme moi je sais l'apprécier. De plus en plus, cela devient de la confiture aux cochons, les transactions immobilières, dans cette ville. On voit des familles épouvantables, avec des gamins mal élevés qui saccagent tout et des pouffiasses en legging de python Stretch couleur or assorti à leur Porsche, s'installer dans des villas sublimes et imprégnées d'histoire, et tout ça pour quoi ? Simplement parce qu'ils se sont, du jour au lendemain, au gré d'affaires aussi juteuses que mafieuses, retrouvés avec plus d'argent qu'ils n'auraient jamais pu l'imaginer. Franchement, cela me ferait mal au cœur que la maison de David se retrouve dans les mains de nouveaux riches sans âme… et sans goût. Ça me ferait de la peine, parce que je suis tombée amoureuse… de cette maison.

Depuis cette soirée où nous avons mangé des homards sur le deck, l'humeur de David s'est sensiblement dégradée. Lui habituellement si joyeux et si attentif, il a continué à être aux petits soins pour moi, ce n'est pas la question. Mais j'ai senti qu'il le faisait, comment dire… avec moins d'enthousiasme. Comme s'il était fâché. Comme si j'avais fait ou dit quelque chose qu'il ne fallait pas, et qu'il m'en voulait. Il n'a rien montré, parce que David est un homme discret et un ami, et que même si j'ai vraiment fait une gaffe, il ne me le dira pas… en tout cas pas à chaud. Plus tard, peut-être, quand les choses se seront tassées – mais quelles *choses ? J'ai eu comme l'impression qu'il comptait les jours, et même… je me suis demandé si, quelque part, il ne s'est pas senti soulagé de me voir partir. Pourtant, à part cet incident, notre cohabitation s'est vraiment bien passée. Alors quoi ?*

Enfin, on se retrouve la semaine prochaine pour déjeuner avant de faire un tour sur le chantier. Je vais essayer de lui parler. Comme ça, j'en aurai le cœur net.

⋆

⋆ ⋆

— Je crois que ma mère a un mec.

Transpirant sur son tapis de cardio, sa poitrine sublime moulée dans un marcel noir qui, en même temps que sa peau bronzée, fait ressortir les yeux de tous les mâles alentour, Shirley n'est même pas essoufflée et trouve le moyen de papoter avec Eventia. Enfin, il s'agit plutôt d'un monologue parce que, moins entraînée, son amie n'est pas franchement en état de parler.

— Hon ? arrive à articuler Eventia pour montrer qu'elle suit.

— Ma mère. Je crois qu'elle a un mec. Tu sais, le type dont je t'ai parlé, là. Celui que nous avons croisé au Metropolitan

Museum, quand Keith n'a rien trouvé de mieux que de la reluquer ? Putain, ça m'a rendue dingue, ce truc. Ma *mère*, tu te rends compte ? Ma propre *mère* ! Depuis, je l'ai à l'œil, comme Tattie me l'a conseillé, mais du coup… j'ai tout le temps l'impression d'être obligée de le fliquer… c'est vraiment pas marrant. Bon enfin, déjà, celle-là… je veux parler de ma mère… elle est maquée.

Eventia descend de son tapis sans l'arrêter (Shirley a beau lui montrer, elle n'arrive pas à arrêter un tapis quand elle est dessus, elle a peur de partir en arrière et de se casser la figure, alors elle saute sur le côté et triture les boutons une fois qu'elle est tranquillement debout sur un sol… qui ne bouge pas, lui !) : la conversation vaut mieux que l'entraînement. Elle passe sa serviette dans son cou, s'essuie les aisselles et le ventre, comble du délice pour les mecs à l'entraînement. Il faut dire que le cou d'Eventia et le ventre d'Eventia, et d'une manière générale tout le corps d'Eventia, sans être d'une beauté standard, respirent l'animalité et la sensualité… et rendent les hommes fous. Il faut bien ça, d'ailleurs, pour garder un petit ami comme Derek, sollicité à longueur de journée par des minettes en quête de jeans… et plus si affinités. Shirley a ses vieilles, Eventia ses minettes : la vie est dure dans la Grosse Pomme.

— Tu disais, Shirl ? Ça y *est* ? Ta mère a un *mec* ? Ouououh…

Eventia s'évente avec sa serviette.

— Tu me rassures, tout d'un coup. J'avais peur qu'elle ne devienne comme Tattie et qu'elle ne se trouve obligée d'adopter un chien.

— Figure-toi qu'elle y a pensé, poursuit Shirley en augmentant la vitesse du tapis.

— Et c'est qui ?

— Qui ?

— Ben… le type, là. Le mec de ta mère. Tu le connais, ou ce sont juste des spéculations en l'air ?

— C'est le type du musée, je t'ai dit ! Si tu m'écoutais, aussi…

Eventia va au bar et revient avec un jus de carotte.

— Je sais bien que c'est le type du musée, tu viens de le dire il y a cinq minutes. Mais toi, tu le connais, le type du musée ? C'était ça, ma question… si tu écoutais ce que je dis, aussi !

Les deux filles éclatent de rire et Shirley doit s'accrocher à la machine pour ne pas tomber. Rire ou courir, il faut choisir.

— Bien sûr que je le connais ! Ça fait même un bail. Il m'a tenue sur ses genoux quand j'avais deux ans. C'est son vieux copain, là… David Stevenson.

Elle fait une pause, le temps de baisser l'inclinaison de l'appareil.

— Putain, c'est crevant de courir en montée… Ben le type, maintenant, c'est rigolo… c'est ma mère qu'il tient sur ses genoux. Enfin j'imagine…

— *David Stevenson* ! Ben dis donc, elle ne s'embête pas, ta mère !

— Pourquoi tu dis ça ? Tu le connais ?

— *Tout le monde* le connaît. C'est *le* collectionneur du moment, le rescapé de la crise… le méga David Stevenson, quoi !

Shirley arrête la machine et se dirige vers l'espalier pour s'étirer. Les yeux suivent. Son amie aussi.

— Mais comment tu sais tout ça ? insiste Shirley, les fesses pointées vers le ciel et la tête en bas.

— Je lis la presse, moi, madame. Et pas que les féminins et les people. La presse éco aussi. Toute personne qui s'intéresse un tant soit peu à l'art devrait le faire. C'est là que sont les clients… Ce mois-ci, ton David Stevenson, on l'a vu partout. *Forbes*, *Time*, *Vogue*…

— Ouais. Enfin *Vogue*, dans le genre presse éco… pardon ! grommelle Shirley, le nez contre sa chaussette.

— D'ailleurs, en y pensant…, poursuit Eventia, pas ébranlée le moins du monde, je me demande s'il n'y a pas une photo où il était avec ta mère. Justement. En tout cas, c'est facile à vérifier.

Pendant que Shirley finit ses étirements, elle farfouille dans les revues étalées sur les tables basses devant le bar et revient en brandissant triomphalement le dernier *Vogue*.

— C'est cool, ici, c'est pas comme chez les dentistes. Au moins ils ont la presse du moment, dit-elle en feuilletant le magazine et en le tendant à son amie. Tiens... regarde... ce n'est pas ta mère, là ?

Dans un premier temps, Shirley ne voit rien. Puis elle découvre sa mère, rayonnante dans une longue robe fourreau rouge qu'elle ne lui connaît pas, au bras de David, qui la dévore littéralement des yeux, à un gala de charité. Ils sourient comme s'ils étaient seuls au monde.

— On dirait que l'amour la rajeunit..., dit pensivement Eventia, devançant la pensée de Shirley.

Car en effet, dans cette robe écarlate, les cheveux noués en un chignon lâche dont s'échappent quelques mèches étudiées, Fiona paraît dix ans de moins que son âge. Elle doit avoir un truc, ce n'est pas possible, se dit Shirley. Ils ont dû lui filer des boosters, dans son spa mexicain. Penser à lui en demander le nom.

— Ce que tu es naïve, ma pauvre Eventia ! Elle prend des trucs, ma mère, ce n'est pas possible. Ça ne peut pas être *que* l'amour.

— Alors là, ma vieille, tu n'en sais rien. Il y a des personnes sur lesquelles ça marche mieux que sur d'autres !

Sur ce, elles se dirigent vers le vestiaire.

— Tu prends un sauna, Shirl ?

— Pas le temps, il faut que je me dépêche. Je déjeune avec maman, justement.

— Tu l'embrasseras pour moi. Et tu lui demanderas, si elle a un truc, comme tu dis, le nom... On ne sait jamais, ça peut toujours servir !

*
* *

C'est en courant – encore ! – que Shirley arrive avec seulement dix minutes de retard au Terrace 5, le restaurant en terrasse du MOMA, où elle a rendez-vous avec Fiona. Elles devaient initialement se retrouver à la boat house de Central Park, le hangar à bateaux chic où, depuis peu, le chef a changé et la cuisine est enfin mangeable, mais Fiona avait un rendez-vous juste à côté du musée, alors elles avaient décidé de garder le parc pour une prochaine fois.

En entrant dans la salle, Shirley scanne la pièce une première fois, fait un tour sur la terrasse… Fiona n'est pas là. Elle est déjà en train de la maudire pour son retard – pourquoi faut-il que sa mère soit incapable d'être à l'heure (bon, pour être honnête, cette fois-ci, ce n'est pas sans arranger Shirley qui, venant à peine d'arriver, évite ainsi de se taper d'inévitables remontrances) –, lorsqu'elle l'aperçoit qui marche à sa rencontre, le visage fabuleusement lisse, ses bras nus étonnamment dessinés dans une petite robe trois trous (elle qui depuis quelque temps avait abandonné l'idée de porter des vêtements sans manches)… et l'expression défaite. Shirley s'apprête à embrasser l'air de part et d'autre de ses joues, mais sa mère, habituellement peu douée pour les effusions, la prend par les épaules et la serre dans ses bras. Il doit se passer quelque chose de grave.

— Ma chérie, tu ne peux pas savoir à quel point ça me fait plaisir de te voir ! entame Fiona, la voix sur le point de se briser.

Shirley se laisse embrasser, tente un sourire et observe sa mère avec attention. Au coin de son œil droit, une petite veine bleue bat avec vigueur. Signe, pour qui a l'habitude de la pratiquer, d'une grande nervosité.

— Maman, tu vas bien ? demande Shirley, connaissant d'avance la réponse.

Sa mère va dire que ça va, bien sûr que ça va, par principe, elle va toujours bien. Sauf que là, à l'évidence, il y a quelque chose qui cloche *vraiment*, et il va falloir un certain temps, Shirley le sait d'expérience, pour lui tirer les vers du nez.

— Bien sûr que ça va, ma chérie... qu'est-ce que tu crois ?

Depuis qu'elle vit avec Keith, Shirley a pris de l'assurance et, chose que jamais elle n'aurait osé faire jusqu'à présent, surtout vis-à-vis de sa mère, proteste sans se démonter. Avec un calme qui la surprend elle-même.

— Tu ne vas pas me la faire, maman ! Ton œil clignote. Alors tu ne vas pas me dire que ça va, je sais parfaitement que quand je vois cette veine battre, là...

Elle fait courir son doigt sur la veine en question, ce qui a pour effet immédiat de provoquer un flot de larmes.

— ... c'est que quelque chose ne va pas, justement.

Shirley pose les mains à plat sur la table.

— Alors, c'est quoi ?

Fiona s'essuie les yeux avec ce qui reste de sa serviette en papier, qui depuis qu'elle est arrivée est en train de se transformer en boulette.

— C'est David. Je ne comprends pas. Je... On passe trois semaines de rêve dans sa maison des Hamptons, pour bosser, hein, pour être plus près du chantier et éviter les allers et retours, ne va pas t'imaginer des choses... bref, tout va pour le mieux et là... depuis que je suis rentrée, il refuse de m'adresser la parole. Sauf pour le boulot, et encore ! Maintenant, il fait passer les messages par sa secrétaire.

Désespérée, Fiona attaque le petit pain qu'elle se met à émietter furieusement. Avec aussi peu d'informations, Shirley a du mal à comprendre.

— Mais il s'est passé quelque chose ? Vous vous êtes dit des trucs, je ne sais pas, moi...

Se souvenant de la conversation qu'elle a eue avec Eventia, pas plus d'une heure auparavant, Shirley a soudain une idée. Si les apparences sont parfois trompeuses, et particulièrement celles qui sont affichées dans la presse (elle repense à la photo de *Vogue*), elles peuvent néanmoins mettre sur la voie. Le regard que portait David sur sa mère, et qu'avait merveilleusement capté le photographe, n'était certainement pas trompeur, lui !

— Dis donc, maman... Il ne t'aurait pas fait des avances que tu aurais refusées, par hasard ?

Sa mère commence à chasser l'idée d'un revers de la main, comme s'il s'agissait d'une mouche, puis Shirley voit son visage se fermer. Ce serait donc ça ? pense Fiona. Comment a-t-elle pu être si aveugle, ne rien voir... et ne même pas y songer ? Non... il faut être juste. Elle y a songé parfois, de manière fugitive, quasi subliminale, lorsqu'elle décelait dans l'expression de David, dans ses attentions et dans la manière dont il s'occupait d'elle, derrière la légèreté qu'il prenait toujours soin de conserver à son égard, autre chose qu'une simple affection amicale. Et si David était amoureux d'elle ? L'idée lui paraît incongrue, ils sont amis depuis si longtemps. Et pourtant...

Fiona repasse en boucle la soirée où tout semble avoir basculé. Le homard, le vin frais, le dîner aux chandelles sur la terrasse... David avait fait un effort. Et il avait quelque chose à lui dire, se souvient-elle, ce qu'il n'avait pas eu l'occasion de faire tant il avait été scotché par sa proposition, à elle. Racheter la maison... Manifestement, ce n'était pas du tout ce à quoi il s'attendait. Elle revoit sa main qui s'était tendue vers elle, puis soudainement reculée, à laquelle elle n'avait pas prêté attention sur le moment, c'est à peine si elle l'avait remarquée, et qui prend peut-être, à la lumière de ce que vient de suggérer Shirley, toute sa signification. Elle essaie de se remémorer ce qu'elle lui a dit, les mots précis. « David... voilà... ces derniers jours, j'ai passé ici les plus beaux moments de ma vie, bon... je ne vais pas te faire un dessin non plus, hein, c'est mon métier de faire des dessins tout le temps alors on va se dire qu'on oublie le boulot cinq minutes, hein, pour parler d'un truc, comment dire… plus privé. » Hum. Pas très malin, cette manière de tourner ses phrases. « On s'entend bien, on se connaît depuis longtemps, alors je me suis dit… » Et si elle lui avait donné de faux espoirs ?

— Mais il ne m'a jamais fait de propositions ! lance-t-elle avec véhémence, en réponse à sa fille, et en écho à ses propres pensées.

— Ah ben voilà, ne cherche pas ! C'est ça ! J'en étais sûre !

Les hommes sont vraiment cons ! se dit Shirley en levant les yeux au ciel. Pourquoi faut-il qu'ils ne disent jamais les choses clairement, et que du coup, toujours incompris, ils se sentent éconduits et aillent bouder dans leur coin ? Keith, au moins, il a ses défauts (les vieilles !), mais il est plus cash. Avec lui, on sait à quoi s'en tenir. Mais alors ces types de l'ancienne école…

— Mais non ! Je t'assure, il n'a jamais rien dit ni rien tenté qui aurait pu laisser entendre qu'il s'intéressait à moi autrement qu'en tant qu'amie. Vieille amie, de surcroît, de ces amitiés fossilisées que rien ne peut ébranler mais que rien ne peut faire évoluer vers autre chose non plus.

— Maman. Réfléchis. Depuis que tu connais David, l'as-tu jamais entendu parler de ses sentiments ? Pas forcément à ton égard, mais d'une manière générale, je veux dire. Est-ce que tu dirais que c'est un homme démonstratif ?

— Pas vraiment, non… David a toujours été un homme discret. C'est ce qui fait son charme, j'imagine.

— Sauf qu'il ne dit rien. Et que sans dire les choses, il s'attend néanmoins à ce que les gens les comprennent. Ça demande quand même une sacrée dose de clairvoyance, qui n'est pas donnée à tout le monde.

Shirley se gratte le menton, pensive.

— Moi, en tout cas, je sais que je ne l'ai pas…

— Apparemment moi non plus ! constate Fiona en reconstituant son petit pain. Mais qu'est-ce que je devrais faire, à ton avis ?

— Parle-lui. Demande-lui ce qu'il a sur la patate, tire-lui les vers du nez... enfin, tu vois. Comme ça, tu sauras.

— Mais il ne veut pas me parler ! Il ne me prend même pas au téléphone ! Et puis...

Fiona grignote un bâtonnet de céleri.

— Tu te rends compte, si, comme tu sembles le penser, et qui, à la réflexion, n'est sans doute pas complètement faux – pour ne pas dire carrément vrai... S'il m'avouait qu'il est amoureux de moi. Je ferais quoi, moi, avec une info pareille ? C'est un coup à s'engueuler pour de bon !

— Ça dépend... Tu ne ressens vraiment rien pour lui ?

Fiona regarde sa fille avec suspicion.

— Je l'aime bien. Je l'aime beaucoup, même... mais c'est tout. Pourquoi tu me demandes ça ? poursuit-elle après un moment d'hésitation.

— Je ne sais pas, comme ça... En vous voyant l'autre jour au musée, je me suis dit, et Keith aussi (pas vrai, mais un petit coup de griffe pour remettre les choses à leur place n'a jamais fait de mal à personne)... *nous* nous sommes dit que vous alliez bien ensemble. C'est tout.

— Ça ne va pas, la tête ? Il est charmant, c'est vrai, mais on se connaît depuis trop longtemps et puis... il fait un peu vieux, non ?

— Oh écoute, maman ! Tu as dit toi-même qu'il avait la cinquantaine ensoleillée, c'est plutôt flatteur, comme image... Et vous n'avez que trois ans d'écart... tiens, il a exactement l'âge qu'aurait euh... qu'a papa aujourd'hui.

— Justement !

À la manière des chats, les yeux de Fiona ne sont plus que deux fentes, et c'est tant mieux, car personne ne voudrait voir le regard qu'en cet instant précis, ils cachent.

— Ton père était une erreur de casting.

Même si elle n'a pas vraiment reconstruit sa vie depuis, sa vie amoureuse, car sa vie professionnelle, elle, n'a fait que se développer, Fiona est bien contente de s'être rapidement débarrassée de ce type. Macho sans être un homme, possessif sans être fiable. Elle avait été bluffée par l'apparent charisme qu'il affichait et qui était probablement dû à ses huit ans de plus, justement. Quand on est jeune, une telle différence d'âge, qui s'estompe avec les années dans le sens où, en effet, elle se voit moins, mais qui revient en force vers la fin de la vie (là, les années comptent double), c'est ce qui fait toute la différence entre un homme et un garçon. Fiona s'était placée sous le charme déjà abouti de l'homme, pour s'apercevoir très vite que 1, il avait ses limites et que 2, elle s'était du même coup placée sous sa coupe. C'est pourquoi, lorsqu'il avait eu son aventure avec la surfeuse, elle ne s'était pas trop battue, y voyant une porte de sortie et pour elle, le salut.

— Parle-moi plutôt de toi. Comment ça se passe, avec Keith ?

— Bien ! Très bien, même ! Il bosse beaucoup, tu sais, il a démarré le tournage du film de Spielberg, ce n'était pas du flan… je dis ça, ce n'est pas très gentil de ma part, mais c'est vrai que sur le coup, quand il m'en a parlé, je me suis dit « encore un de ces gros flans dont il a la spécialité ». Et non, même pas. C'était pour de vrai.

— Non, mais je veux dire… votre vie… votre vie à deux, tu sais, le quotidien, les chaussettes sales, tout ça… Tu tiens le choc ?

Shirley sourit. Sa mère restera toujours sa mère.

— C'est formidable ! Tu sais quoi, maman ? je me découvre des goûts de femme d'intérieur. Si, si, je te jure ! J'adore l'attendre le soir et lui préparer des petits plats.

— Mais tu as toujours détesté cuisiner !

— Oui, enfin, je me comprends. Je réchauffe les plats que Keith…

— Ah ! Parce qu'en plus, il cuisine ? C'est vraiment une perle, ce garçon, dis-moi…

— Pas lui ! Lui, à part les brochettes au barbecue, il ne sait pas faire grand-chose. C'est déjà pas mal, remarque, entre le bœuf, le veau, l'agneau, le poulet, les boulettes… c'est assez diversifié. Mais il ne fait pas un temps à barbecue tous les jours. Non… la cuisine, c'est sa mère. Elle nous prépare des trucs le week-end, qu'il n'y a plus qu'à passer au four. Ou alors je fais un saut chez le traiteur. Il y a un très bon chinois, un libanais et un italien au coin de la rue, alors nous n'avons que l'embarras du choix. Et puis Keith a un truc exceptionnel !

S'attendant à quelque chose d'enfin croustillant, parce que franchement, les fantasmes de femme au foyer de sa fille de vingt ans, ce n'est pas ce qu'il y a de plus sexy, Fiona écarquille des yeux pétillants de gourmandise.

— Ah bon ? C'est quoi ?

— Eh bien, figure-toi… Il n'a pas de chaussettes sales !

— ?? (body language s'accompagnant d'un regard rond et d'une bouche en forme de o)

— Ben oui. Été comme hiver, Keith ne porte jamais de chaussettes.

Fiona manque en avaler d'un trait son smoothie à la citronnelle et au thé vert (antioxydant, le thé vert).

— Hum… remarque, conclut-elle en s'essuyant les commissures des lèvres… c'est sexy, un homme sans chaussettes ! Tiens (Fiona fait signe à la serveuse)… tu ne partagerais pas un beignet à la cannelle ?

Et avant que Shirley ait eu le temps de répondre, en fait d'un beignet, Fiona en commande deux. S'assurant auprès de la fille qui s'occupe de leur table qu'ils sont bien à la cannelle comme d'habitude, avec beaucoup de crème dedans. Il lui faut au moins ça.

12 juin 16 h 07
De : Shirley@manhattan.com
À : Eventia@dreamalittledream.com
Cc : Tatiana@girlpower.us
Objet : mère (toujours !) célibataire
Ouais ben j'avais tort, pour le mec... elle n'a jamais été avec lui et maintenant il lui fait la gueule. Manifestement, il s'est passé quelque chose, du genre il a essayé de lui faire une déclaration mais il ne l'a pas faite et elle n'a pas compris. Et lui n'a pas compris qu'elle ne comprenne pas. Mais enfin, s'il ne dit pas les choses, non plus... Comment veut-il que les autres comprennent ? Tu comprends ?

12 juin 16 h 10
De : Eventia@dreamalittledream.com
À : Shirley@manhattan.com
Cc : Tatiana@girlpower.us
Objet : re
Dommage, l'amour lui allait bien... À moins que ce ne soit pas ça qui la rajeunisse, finalement. Tu as raison, tu devrais lui demander quel est son truc, on ne sait jamais, nous aussi on pourrait en avoir besoin un jour.
En tout cas, il est vraiment con, David. S'il avait des choses à dire, il aurait mieux fait de les dire au lieu d'attendre que ta mère les devine. Moi ça me troue, ces mecs qui ne disent jamais rien... Derek, lui...

12 juin 16 h 11
De : Shirley@manhattan.com
À : Eventia@dreamalittledream.com
Cc : Tatiana@girlpower.us
Objet : re : re
... oui je sais, Keith aussi. Ça doit être un truc générationnel !

12 juin 16 h 15

De : Tatiana@girlpower.us

À : Shirley@manhattan.com

Cc : Eventia@dreamalittledream.com

Objet : moi aussi !

Oui enfin pas que, hein ! Drag Queen aussi, il dit les trucs ! Et c'est plus tout à fait un mec, pourtant !

Dog Power, aussi, les girls !

Yo !

*

* *

La première boîte de doughnuts à la cannelle arrive le lendemain matin. Elle vient du Dessert Truck, le plus fameux food truck spécialisé dans le sucré, généralement posé à University Place, au coin de la Huitième Rue Est. Fiona la découvre en ouvrant la porte pour récupérer le courrier que le concierge vient de déposer sur le paillasson. À côté de la pile de lettres, de magazines et d'invitations à l'intention de « Mademoiselle Fiona McGregor » – ça continue, mais elle l'assume mieux maintenant que son look est plus en adéquation avec le titre –, il y avait la boîte de doughnuts. « C'est un jeune homme qui l'a déposée », précise le type de la réception qu'elle appelle aussitôt pour savoir d'où sort ce très tentant et très calorique cadeau. « Il a bien insisté pour qu'ils soient montés immédiatement, tant qu'ils étaient encore chauds… » Et comme le réceptionniste est très pédé et qu'il n'a pas les yeux dans sa poche, c'est d'ailleurs pour cela qu'on le paie, il ne peut s'empêcher d'ajouter : « Mignon, le garçon, madame McGregor… Hum… c'est un ami de votre fille ? » Il n'a pas sa langue dans sa poche non plus, se dit Fiona, considérant que la dernière réflexion est carrément de trop.

Ne résistant pas à la tentation, Fiona croque un beignet avant même d'ouvrir son courrier, son premier geste le matin pourtant – après son café. Elle se refait un grand pot d'arabica et cherche à l'intérieur de la boîte une carte qui lui donnerait quelque information sur l'identité de l'inconnu. Drôle d'idée, tout de même, de déposer des doughnuts devant la porte d'une femme. Des fleurs, oui. Mais des doughnuts ? Seule une personne la connaissant très bien peut avoir fait une telle chose, et Fiona n'en voit que deux. Shirley, mais ce n'est vraiment pas son genre… et David. Pour se faire pardonner de sa bouderie, ou pour briser la glace qu'il a lui-même laissée prendre, David serait tout à fait capable d'envoyer à Fiona ses pâtisseries préférées. Sauf que, d'après le portier, le paquet a été déposé par un *jeune* homme. Ce qui n'est pas vraiment le premier adjectif qui vient à l'idée pour qualifier David. Alors qui ?

Fiona a beau tourner les idées dans sa tête, elle ne voit pas qui a pu lui envoyer ce mystérieux cadeau. Et en arrive à la conclusion que soit le portier s'est payé sa tête – ce qui est fort possible, ce type est idiot, ce n'est pas la première fois qu'elle s'en fait la réflexion et il faudra qu'elle pense à le mentionner à la copropriété lors de la prochaine assemblée –, soit c'est David qui a eu recours à un chauffeur ou à un coursier. Cela lui arrive. La meilleure manière d'en avoir le cœur net est d'appeler. S'il est toujours de méchante humeur, il ne la prendra certainement pas au téléphone… mais elle pourra toujours laisser un message.

— Allô euh… David ?

Fiona est tellement surprise qu'il décroche à la première sonnerie qu'elle en bafouille.

— Bien évidemment… qui veux-tu que ce soit ? Tu appelles sur mon portable, il est normal que ce soit moi qui réponde, non ?

Bon, se dit Fiona, si c'est pour être aussi aimable, ce n'était vraiment pas la peine de décrocher. Et il n'a pas du tout le ton de celui qui vient de vous envoyer une boîte de gâteaux.

— Euh… Dis donc… Ce n'est pas toi, par hasard, qui aurais fait déposer une boîte de beignets à la cannelle tout chauds devant ma porte ce matin ? demande-t-elle pourtant sans se faire trop d'illusions.

— Tu plaisantes ou quoi ? Je te vois souffrir le martyre pendant trois semaines pour enlever ce que tu as en trop… ce n'est pas pour te le réinjecter aussi sec. Même sous la forme de tes friandises préférées. Et puis…

La voix de David se perd dans les tuyaux.

— Et puis ? insiste Fiona.

— Et puis, pour tout te dire, en ce moment… Tu es la dernière personne à qui j'aurais envie de faire un cadeau.

Ras le bol de la manière elliptique que ce type a de s'exprimer ! Pour ne pas créer de nouveau malentendu (parce que mal prononcé, voire pas prononcé du tout, nous savons maintenant que c'est une qualité très répandue chez les hommes et dont David semble s'être fait une spécialité), Fiona décide de mettre les pieds dans le plat.

— Qu'est-ce qu'il t'arrive, David ? Depuis que je suis rentrée, tu ne m'adresses plus la parole et quand tu finis par décrocher, c'est pour me parler sur ce ton ?

— J'y peux rien. Je suis comme ça quand je suis fâché…

— Comment ça tu n'y peux rien ? Et comment ça tu es fâché ? Et *pourquoi* es-tu fâché… on peut savoir ?

Silence au bout de la ligne qui se prolonge si longtemps que Fiona croit un instant que David a raccroché. Mais non, il est toujours là, qui dit dans un murmure à peine audible :

— Parce que tu ne comprends décidément rien, Fiona. Voilà pourquoi je suis fâché. Je suis fâché contre toi qui n'a pas su entendre ce que je ne suis pas parvenu à te dire. Et je suis fâché contre moi-même, qui n'ai pas été foutu de te dire ce que tu refusais d'entendre.

— Ben avec ça, on est bien avancés… Excuse-moi si je suis un peu dure de la feuille ces temps-ci mais… ça veut dire quoi, exactement ?

— Oh… laisse tomber.

— Pas question ! Si tu as des trucs à dire, tu les dis ! Alors ?

Nouveau silence, moins long que le précédent.

— Alors… rien.

Sachant ce qu'elle croit avoir deviné et soulagée de ne pas avoir à prendre position, ni à donner d'explication, Fiona se jette sur l'occasion qui lui est présentée de pouvoir continuer encore un moment à faire l'autruche. Après, elle devra en avoir le cœur net, elle se connaît, mais pour l'instant, la tête dans le sable lui paraît la solution la plus adaptée. Chaque chose en son temps.

— Très bien. Mais alors dans ce cas, tu n'es plus fâché et on déjeune ensemble la semaine prochaine. On a une maison à finir, je te rappelle.

— OK. Jeudi. Mais pas la semaine prochaine. Après-demain.

Du grand David. Laconique, enthousiaste comme un chat qui va prendre son bain… il va y avoir du boulot pour lui dérider la moustache. Mais néanmoins pressé de la revoir. Il n'a même pas voulu attendre jusqu'à la semaine prochaine.

— Ça marche. Et ta secrétaire m'appellera pour me dire l'endroit, j'imagine ?

— L'Atelier, 13 heures. Je passe te prendre. À moins que j'aie une autre idée. Je passe te prendre de toute façon et on avisera.

Hum… peut mieux faire mais en progrès.

— Et… David, les doughnuts… Ce n'est vraiment pas toi ?

Fiona n'aura pas de réponse. David a déjà raccroché.

— Allô, Shirley ? C'est maman ! Dis-moi… ce ne serait pas toi, par hasard, qui m'aurait fait livrer des beignets à la cannelle ce matin ? Tu sais, ceux que j'aime avec la crème et tout…

— Même pas en rêve, ma petite maman ! Tu ne trouves pas que tu es assez grosse comme ça ?

Ah ! l'humour de sa fille, parfois… Dans la salle de bains, Fiona monte sur la balance, puis se contemple dans la glace. Son poids n'a pas sensiblement bougé, mais elle a gagné deux tailles de jean. Alors les insinuations de Shirley, hein… claquos !

*

* *

Le lendemain matin, une nouvelle boîte attend Fiona sur le pas de la porte. Toujours pas de petit mot, ni de carte. Elle appelle le portier qui lui confirme qu'en effet, il y a bien un jeune homme qui est venu, il y a une demi-heure à peine, garer sa Bentley devant la porte, une Brooklands, précise-t-il – ce n'est pas le portier qui aime les garçons ce matin mais celui qui aime les voitures… chacun son truc, Fiona aime bien les beignets à la cannelle, elle ! –, et déposer en coup de vent une boîte, en lui demandant de les monter « tant qu'ils étaient encore chauds ». Ce qu'il a fait. Voilà.

Bon, se dit Fiona en faisant carburer son esprit cartésien (boosté par les glucides contenus dans le beignet qu'elle s'empresse de déguster) : ce n'est pas David qui, s'il est capable de mentir en disant qu'il n'a pas envie de me faire de cadeau, n'aura en effet pas la cruauté de me faire reprendre les centimètres que j'ai perdus au prix de tant de désagréments. Ce n'est pas Shirley non plus, même si *elle* serait capable de me tenter avec ce qu'elle sait être mon péché mignon, juste pour s'assurer que je ne suis pas près de rentrer dans une petite robe rose, ou noire ou peu importe la couleur… dans la même petite robe qu'elle. Mais, si Shirley a bel et bien sous la main un jeune homme susceptible d'attirer l'œil – et les commentaires – du concierge de la veille, elle n'a pas de Bentley. Exit, donc, Shirley. Alors qui ? Une de mes amies qui m'a aperçue, dans la rue ou dans la presse, et qui, jalouse de ma nouvelle silhouette, a décidé de me jouer un tour en faisant livrer des gâteaux par son toy-boy… ou par son fils ? Peu plausible, ses amies sont des femmes qui travaillent et qui ont autre chose à faire que de monter des blagues sophistiquées dans le seul but de faire grossir leurs copines.

La réponse ne se fait pas longtemps attendre. Alors que Fiona s'apprête à sortir de l'immeuble pour aller récupérer les échantillons des poignées de portes qu'elle compte mettre dans la maison de David, et qu'elle a l'intention de lui présenter le lendemain au cours de leur déjeuner, elle voit le concierge rouler en direction de l'entrée des yeux insistants. Une magnifique Bentley bordeaux vient de se glisser le long du trottoir, dont sort un jeune homme (pour ceux qui connaissent Charlie Winston, c'est son sosie, pour ceux qui ne le connaissent pas, c'est un brun, petite moustache qui court jusqu'au menton, pas particulièrement viril mais particulièrement craquant), ma foi, tout à fait regardable. Et ce jeune homme tout à fait regardable se dirige droit sur elle et lui tend une carte avec un sourire désarmant.

— Pardonnez-moi, je…, commence-t-il en rougissant. Je voulais laisser ça avec les beignets ce matin mais j'étais mal garé et… – il rougit de plus belle – …ça m'est sorti de la tête. Je voulais juste vous dire… Je vous trouve très belle et je me demandais si vous prendriez un verre avec moi, un de ces jours. Voilà ma carte… bon, je dois y aller, maintenant…

Fiona prend la carte et veut dire quelque chose, mais le jeune homme saute dans sa voiture et s'enfonce dans le trafic qui commence à se densifier, en lui faisant de la main un petit geste plein d'espoir. Ça alors ! se dit Fiona, sidérée, en glissant machinalement la carte dans l'ouverture de son sac. Depuis quand les jeunes garçons se baladent-ils en Bentley et s'arrêtent-ils en pleine rue pour donner leur carte de visite à des femmes qui pourraient être leur mère. Hum... Sauf que peut-être que ça ne se voit pas, après tout, que je pourrais être sa mère, conclut-elle, flattée. Il n'a pas dit « très belle *pour votre âge* », il a juste dit « très belle ». Hum...

*

* *

C'est tentant, tout de même.

Dans le taxi qui la ramène du fournisseur d'huisseries et la conduit à un rendez-vous avec un nouveau client qui lui a confié l'aménagement du hangar qu'il souhaite transformer en galerie d'art, Fiona tourne et retourne la carte entre ses doigts, comme un bâton de majorette ou un crayon de secrétaire stressée. C'est ce que faisait la sienne, à l'époque où elle avait une secrétaire, lorsqu'elle croyait que cela faisait « mieux » vis-à-vis des clients et avant de s'apercevoir que ça lui prenait plus de temps de donner à la fille des instructions et de lui montrer comment faire les choses, plutôt que de les faire elle-même. Sans compter les vernis, les rouges à lèvres et toutes les petites choses qui disparaissaient. La fille lui avait même un jour piqué deux places d'opéra et Fiona, qui s'était fait faire des duplicata par l'agence, l'avait trouvée assise dans son fauteuil en compagnie de son petit ami. Il avait fallu appeler la sécurité pour les faire partir...

Pour la millième fois, Fiona relit le numéro de portable qu'elle connaît maintenant par cœur et passe le doigt sur la fine gravure bleu marine du nom. Janus C Le Roux. En plus, se dit-elle, le garçon a de la classe : beau papier blanc cassé avec du chiffon dedans, typo gravée dans une couleur nettement plus intéressante qu'un banal noir... Sans doute un artiste. Ou en tout cas quelqu'un de très raffiné. Curieux, à son âge... à moins qu'il ne soit de très bonne famille. Possible. Le nom ne lui dit rien, mais il sonne agréablement. Janus C Le Roux. C pour quoi ? Hum...

Oui mais il est beaucoup plus jeune que moi, se dit encore Fiona juste pour le principe et avec la plus parfaite mauvaise foi, car elle sait déjà qu'elle va succomber à la tentation. Ce n'est pas pire qu'un doughnut, après tout, et elle n'est même pas obligée de le croquer. Enfin, pas tout de suite. Prendre un verre avec un inconnu, si cela ne manque pas de piquant, n'a jamais engagé personne. Soit ça se passe bien, et là, il sera toujours temps d'aviser – et d'improviser, Fiona adore l'improvisation dans les rencontres. Soit ça ne présente aucun intérêt, parce que le type n'a pas de conversation, ou de charme, ou d'humour, ou parce qu'il est vulgaire, ou décidément trop jeune… et Fiona pourra s'en aller. Purement et simplement. C'est une grande fille, après tout, elle s'est déjà sortie de situations beaucoup plus embarrassantes qu'un malheureux petit verre.

Très bien. Mais elle n'appellera pas aujourd'hui, pour ne pas faire la nana désespérée qui n'a pas eu dans son lit de présence masculine depuis belle lurette – ce qui est vrai, et pour cause ! Avec ses bleus et sa gaine et… tout le reste, il n'était pas question de lui toucher le corps ! Elle ne se manifestera pas demain non plus… demain, elle déjeune avec David et il est probable qu'ils en auront pour un moment à choisir les poignées de portes et de fenêtres et à régler les derniers détails du chantier… qui commence de plus en plus à ressembler aux maquettes. C'est fou comme cette maison est littéralement sortie du sol, exactement comme David l'avait imaginée et comme Fiona la lui a dessinée. Ni aujourd'hui, ni demain… Vendredi, peut-être. Oui. Vendredi, ce n'est pas mal. Si les choses se passent bien, ça donne du temps, avec le week-end… Et puis il y aura probablement une nouvelle boîte de doughnuts d'ici là.

*

* *

Sauf que non. Rien. Le jeudi matin, rien. Pas de beignets à la cannelle tout chauds devant sa porte. Tout en se disant qu'il vaut mieux que cela ne devienne pas une habitude – le clin d'œil était amusant mais il ne doit pas se transformer en addiction (David a raison : elle ne va pas reprendre en un mois ce qu'elle a perdu, certes, en une heure… mais avec trois semaines de dommages collatéraux derrière) –, Fiona est pourtant déçue, en ouvrant sa porte le matin, de ne trouver que sa pile de courrier avec ses habituelles enveloppes au nom de Mademoiselle. Et elle le sait parce qu'elle se connaît par cœur, si le garçon ne donne pas signe de vie, sa déception deviendra un manque, puis une inquiétude, au fur et à mesure que la journée avancera, pour finir, le soir, en une colère froide : « ce type s'est payé ma tête, si ça se trouve il avait fait un pari avec des copains, du style tu n'oseras jamais donner ton numéro à une vieille… et ils étaient tous sur le trottoir d'en face en train de se gondoler, quand je me dandinais, flattée d'avoir attiré l'attention d'un joli garçon. » Voilà ce que pensera Fiona, toujours aussi peu sûre d'elle quand il s'agit d'un homme, et ce malgré son nouveau corps.

— Tu es splendide, petite friponne ! lance David en lui ouvrant la portière de la voiture. Je ne regrette pas d'avoir boudé un peu, le temps de laisser tout ce bazar se mettre en place…

Il fait un geste éloquent des deux mains, mimant de manière évidente et un peu grivoise un corps de femme affublé de ses nombreux appas. Fiona sourit, reconnaissant là son vieil ami, et cette manière qu'il a d'effacer d'un compliment et d'une pirouette une querelle de plusieurs jours, voire de plusieurs semaines.

— Bon. Pour la peine, je t'emmène chez Ko ! Je n'ai pas osé te donner rendez-vous là-bas, ne sachant pas si j'arriverais à avoir de la place…

— Génial ! s'exclame Fiona.

Pour déjeuner, Ko, le nouveau restaurant du très hype chef David Chang, dont le Tout-New York s'arrache quotidiennement et en deux minutes chrono les douze places, pas une de plus, sur Internet, est l'un de ses endroits préférés.

Lorsqu'ils sont assis côte à côte au comptoir derrière lequel s'affaire le maître, Fiona essaie de faire parler David. Juste histoire de tirer les choses au clair. Fiona n'aime pas les situations bancales, où subsistent des malentendus et des rancœurs qui, faute d'être verbalisés, ne sont jamais totalement évacués.

— Alors, David… c'était quoi, cette grosse, grosse crise ? Tu m'as fait peur, tu sais, je me suis inquiétée. On passe trois semaines merveilleuses dans ta maison que j'adore et après, pof… tu disparais.

Comme s'il n'entendait pas, ou comme si elle ne lui avait pas parlé du tout, David s'abîme dans la contemplation de la minuscule carte, ce qui ne sert pas à grand-chose puisque de toute façon, ils demanderont au chef de leur faire un menu selon son inspiration. C'est ce qu'ils font chaque fois.

— Que s'est-il passé ? C'est moi qui ai dit ou fait quelque chose qui ne t'a pas plu, ou qui t'a blessé ? Si c'est le cas, je ne sais pas de quoi il s'agit mais… je te demande pardon, voilà !

Fiona regarde son ami droit dans les yeux.

— Maintenant, tu craches le morceau et qu'on n'en parle plus. OK ? poursuit-elle, bien décidée à mettre les pieds dans le plat.

David se gratte le menton en buvant une gorgée de thé. D'un commun accord, ils ont décidé de s'empêcher mutuellement de boire du vin au déjeuner, circonstances exceptionnelles mises à part. Une décision qu'ils respectent à la lettre chaque fois qu'ils se retrouvent à midi. Sinon, on ne fait plus rien de sa journée !

— Non.

Les yeux de Fiona s'arrondissent de stupeur. Comment ça, non ?

— Comment non ? Tu ne veux pas me dire ce qui a provoqué…

— Non.

David est habituellement plus loquace. Ce n'est pas très bon signe. Encore une question, peut-être, à laquelle elle ne s'attend pas vraiment à avoir de réponse… et après, mieux vaut ne pas insister. Cela risquerait de remettre en cause leur – encore – fragile réconciliation.

— Et pourquoi non ?

David la regarde à son tour, le visage décidé malgré la lueur malicieuse qui brille dans ses yeux.

— J'ai pas envie !

— Avec ça, on est bien avancés ! lance Fiona en haussant les épaules, incapable de contenir son exaspération.

Il y a ce truc avec David, de très pratique et de très irritant aussi. Aussi embarrassante que soit la situation, il parvient toujours à s'en tirer grâce à l'humour. Une réplique décalée, genre « j'ai pas envie » avec un air de gamin facétieux, et le voilà tiré d'affaire. En effet, que peut Fiona contre ça ? Il a huit ans de plus qu'elle, elle ne va pas le traiter d'insolent et l'envoyer au coin, ou lui dire de mettre ses doigts sur la table et sortir une grande règle pour le taper !

— Tu n'as pas envie de me dire ce qui s'est passé…

— Ben non…

— Ah bon… Et comment veux-tu que je sache, alors…

— Tu ne sauras pas.

— Ah bon…

— Tant pis !

— Quoi ?

— Plutôt tant pis. Je te fais tes répliques. Tu as dit deux fois « ah bon », j'imagine que c'est sous le coup de l'émotion, mais ça fait moche. La deuxième fois – ou la première, hein, c'est toi qui vois –, tu ferais mieux de dire « tant pis ».

David dit ça avec un tel sérieux que Fiona éclate de rire. Il semblerait que pour cette fois, le sujet soit clos. Ce n'est pas aujourd'hui qu'elle obtiendra de la bouche de son ami les vraies raisons de sa bouderie. Même si elle a ses idées sur la question, ce ne sont que spéculations et elle aurait aimé en avoir le cœur net. Mais ce n'est manifestement pas d'actualité. Alors… tant pis ! À moins que, là où la franchise a échoué, la fourberie soit plus efficace. C'est souvent le cas, avec les hommes…

— Dis donc, David… j'aimerais avoir un avis amical sur quelque chose et… il n'y a qu'à toi que je puisse le demander.

Fiona le gratifie de son sourire létal, d'autant plus éclatant que la peau autour de ses yeux est désormais lisse, et il le lui rend gracieusement, heureux de changer de sujet.

— Mais tout ce que tu veux, ma friponne ! Tu sais que tu peux tout me demander.

Ah oui, tu parles ! songe Fiona, qui doit se mordre les lèvres pour ne pas penser à haute voix. Pas plus tard qu'il y a deux minutes, je t'ai demandé quelque chose dont la réponse ne doit pas être très compliquée… et tu ne me l'as pas donnée !

— Voilà. Il m'est arrivé un drôle de truc, ces jours-ci. Pendant que tu faisais la tête, tu sais. Oh ! je ne t'en veux pas, enfin, à vrai dire, je ne t'en veux plus, là, maintenant, parce que je suis contente de te retrouver et de déjeuner avec toi… et je suis contente de te voir de nouveau me parler et me sourire, bon, bref, toujours est-il que je t'en ai voulu, et que je ne t'en veux plus. Voilà. Même si tu fais ta chochotte et que tu ne veux pas me dire pourquoi tu étais fâché.

Ouf ! pense David. Fiona est en train de lui dire, explicitement, qu'elle lui accorde, sinon la partie, du moins une trêve. Depuis qu'il la connaît, il a toujours apprécié – et admiré – sa manière d'organiser ses priorités. Si quelque chose n'avance pas, plutôt que de s'acharner, elle passe à une autre. Quitte à reprendre la précédente sous des cieux plus cléments.

— Avant-hier matin, j'ouvre la porte de mon appartement, tu sais, pour ramasser mon courrier et les journaux que je lis en prenant mon petit déjeuner – c'est le seul moment de la journée où je suis à peu près tranquille pour lire, après je suis toujours à courir dans tous les sens... enfin, tu connais ! Donc, j'ouvre la porte, et devant... ah, mais je suis bête, je t'en ai parlé !

— Mais non ! De quoi m'as-tu parlé ?

— Mais si, enfin ! Les doughnuts !

— Quoi, les doughnuts ?

— Les beignets à la cannelle ! Même que c'est pour ça que je t'ai appelé, pour te demander si c'était toi qui les avais fait porter. Tu comprends, il n'y a que toi et Shirl qui sachiez que je les aime à la cannelle avec la crème au milieu, là...

David se souvient en effet, mais ne voit pas très bien où son amie veut en venir. Elle n'est quand même pas depuis trois jours sur cette histoire de beignets ! Lui qui louait sa faculté de savoir passer à autre chose !

— Ah oui ! Et je t'ai dit que tu étais la dernière personne à qui j'avais envie de faire un cadeau.

Un ange passe, les ailes à la cannelle.

— Ouais... entre autres.

— Euh... si c'est encore de cette histoire de beignets dont tu veux me parler... je crois qu'on a fait le tour de la question, non ?

— Mais pas du tout, justement ! s'anime Fiona, les joues prenant de la couleur. Donc, toi tu me dis que ce n'est pas toi qui les as envoyés. J'appelle Shirley, je n'y croyais pas des masses mais bon, avec elle on ne sait jamais. Je te passe son commentaire, désobligeant comme d'habitude, et en l'occurrence complètement déplacé. On dirait que ma nouvelle silhouette, qu'elle a pourtant admirée de façon subliminale lorsque nous avons déjeuné au MOMA, n'a pas encore tout à fait intégré son disque dur. Elle est parfois un peu dure du disque, Shirley, pour tout ce qui me concerne. Bref, ce n'était pas elle non plus...

Prenant son mal en patience, David savoure ce qu'il y a dans son assiette en écoutant son amie d'une oreille distraite. Elle va bien finir par s'arrêter.

— Mange… ça va être froid, dit-il à Fiona d'un ton paternel. Puis, se tournant vers David Chang qui adore être complimenté sur sa cuisine : c'est formidable, le plat que vous nous avez fait aujourd'hui, chef !

Fiona goûte deux bouchées, se lèche les babines de plaisir, décidément ce type est un génie du piano, et engloutit son poisson aux épices avant de poursuivre son histoire.

— Et alors…

— Bon pffff… on pourrait peut-être parler d'autre chose, non ? Tu as les échantillons pour les poignées de portes, au fait ?

— Oui, je les ai apportés. Mais laisse-moi terminer, c'est là que ça devient intéressant. Je m'apprête à sortir pour aller chercher… ben justement, tiens, les poignées, là (elle tapote son sac)… et en arrivant dans le hall, le portier qui aime les bagnoles roule des yeux de merlan. Je ne sais pas si tu as déjà vu des yeux de merlan… Ah si, au Cirque, peut-être… ils font toujours leur merlan Colbert, dans ce restaurant, avec les yeux tout blancs qui sortent de la chapelure. C'est ça qu'on appelle des yeux de merlan frit, non ?

— Fiona, tu me fais chier ! Tu finis cette histoire si tu y tiens vraiment… mais grouille !

Ah ! On dirait que David s'impatiente. Si Fiona veut avoir une chance d'arriver au bout de son histoire, mieux vaut écourter.

— Bon. Et alors là, il y a le sosie de Charlie Winston qui sort d'une Bentley plus grosse que la tienne et me tend sa carte en disant qu'il me trouve très belle et qu'il aimerait prendre un verre avec moi.

Et toc !

— Ça te paraîtrait choquant, David, si je sortais avec un garçon de vingt ans ?

*

* *

Fiona, 17 juin.

Je m'attendais à ce qu'il soit furieux, et c'est comme ça que je pensais le piéger. Il se serait énervé, comme cela lui arrive parfois, il serait devenu tout rouge et sa tête aurait commencé à transpirer. Je lui aurais tendu un mouchoir en papier et je lui aurais dit : « Mais tu es jaloux, David, ma parole ? Tu n'as pas de raison d'être jaloux, on est juste amis, non ? Depuis le temps... Tu sais, tu devrais même être content pour moi. De voir que je plais encore à des hommes plus jeunes, je ne sais pas, tu devrais trouver ça formidable ! Avec tout le mal que je me suis donné, merde ! Si toi, une femme te faisait un compliment comme ça, je serais ravie pour toi. » Moi.

Je me disais, s'il a quelque chose sur le cœur, c'est le moment ou jamais de le sortir. Jamais un homme amoureux ne laisserait la femme qu'il aime lui raconter qu'elle a l'intention de se faire un jeunot de vingt-sept ans de moins qu'elle, jamais un homme amoureux ne laisserait la femme qu'il aime lui raconter qu'elle regarde un autre homme tout court. Il y a des moments où il faut se jeter à l'eau, aussi !

Mais pas David. David ne s'est pas énervé. Il a fait gloups, ça oui, je l'ai vu au morceau de mangue qui est descendu tout rond dans sa gorge, je l'ai vu passer comme la proie d'un boa le long de la trachée. Mais après... après il m'a expliqué point par point, et très calmement, pourquoi je ne pouvais *pas faire une chose pareille.*

Les raisons de David :

1) Je ne peux pas avoir une liaison avec un garçon de l'âge de ma fille... et plus jeune que son petit ami à elle. C'est dangereux en plus : si elle le voit, elle peut me le piquer. Hum... sauf que vu qu'elle vit maintenant avec Keith, il y a peu de risques.

2) Je ne vais pas ressembler à ces vieilles peaux avides de chair fraîche... pas moi ! (Oui, enfin moi, je veux bien ressembler à Demi Moore, dans le genre vieille peau avide de chair fraîche !)

3) Je vais très vite m'ennuyer et…

4) … Nous n'allons pas nous comprendre, nous ne parlons pas le même langage. Lui, il parle « djeunes ».

5) Il mange certainement encore des Choco Pops au petit déjeuner. (David marque un point, là… Moi, je ne sais même pas ce que sont les Choco Pops.)

6) Je n'arriverai pas à le suivre dans son jogging… ni dans la rue, d'ailleurs. Je me retrouverai à marcher derrière… pas terrible. On n'est pas au Moyen-Orient, tout de même !

7) À tous les coups, il porte des boxers… (C'est quoi, un boxer, quand ce n'est pas un chien ?)

8) Les garçons de son âge sont infidèles, voire polygames. (Ah ! parce qu'il veut me faire croire qu'après, ça guérit ? C'est bien un truc de mec, ça…)

9) Il m'aimera pour mon argent…

10) … Et même si ce n'est pas le cas, c'est ce que tout le monde pensera.

11) Et en plus, il est moche ! (ouais… un peu rapide pour décrire quelqu'un qu'il n'a jamais vu.)

Alors, jaloux ? Ou juste un peu énervé parce que je lui ai dit que la Bentley de Janus était plus grosse que la sienne ?

★
★ ★

Déstabilisée malgré tout par les objections de David, qui, si elles ne sont pas d'une bonne foi à toute épreuve, ne sont pas, à la réflexion, totalement dépourvues de fondement, Fiona hésite à appeler Janus. Elle laisse passer le vendredi, puis le week-end, où aucun beignet ne vient agiter sous son nez la muleta de la tentation. Elle commence à croire qu'il s'est moqué d'elle, mais elle pense à lui tout le temps, à ce sourire qu'il lui a adressé et qui était plein de promesses, et n'arrête pas de tripoter la carte qu'il lui a laissée. Janus C Le Roux. Même son nom commence à la faire fantasmer.

Alors le lundi matin, n'y tenant plus et bien décidée à n'en parler à personne, Fiona prend son téléphone et compose le numéro. « Vous êtes sur la messagerie de Janus Le Roux, énonce une voix lointaine, comme si le message avait été enregistré d'une autre pièce, ou dans un micro défectueux. Laissez-moi votre nom et vos coordonnées et je vous rappellerai dans les plus brefs délais. » Au moins, ce n'est pas un faux numéro, pense Fiona avant de raccrocher. Elle ne laisse pas de message – que dire, il ne connaît même pas son nom. Je suis la femme aux doughnuts ? Un peu gros... Euh... vous m'avez trouvée très belle alors je vous rappelais ? Un peu désespéré... Vous m'avez intriguée ? Hum. Pas mal. Et très juste, en plus. Elle a été intriguée par sa manière de la retrouver et de connaître son parfum de doughnut préféré. Comment a-t-il pu s'y prendre ? Elle a beau chercher, elle ne voit pas... il faudra qu'elle pense à le lui demander. Elle refait le numéro, tombe de nouveau sur la messagerie et prend une grande inspiration avant d'enregistrer : « Bonjour, je m'appelle Fiona. Vous m'avez intriguée, vous savez, avec votre culot et vos gâteaux. Alors je me suis dit que j'allais vous rappeler. Vous pouvez me joindre au... » Et elle laisse son numéro de portable. Maintenant, la balle est dans son camp, se dit-elle. Et, le cœur léger de celle qui est arrivée à prendre une décision délicate, elle retourne à ses occupations.

Rien le lendemain. Rien le surlendemain... Alors que Fiona, n'y croyant plus, est sur le point de se rendre à l'évidence – tout ça n'est qu'une plaisanterie de mauvais goût et elle ferait mieux de ne plus y penser –, le numéro de Janus (qu'elle connaît par cœur pour l'avoir maintes et maintes fois regardé, et pour lequel elle a même enregistré une entrée dans son portable) s'affiche comme une fleur. Tentée de ne pas répondre pour le laisser mariner, elle se dit qu'à ce petit jeu tout le monde finira perdant, et elle décroche.

— Allô, Fiooona ?

La voix du garçon la fait chavirer. Elle ne se souvenait pas de cette voix, peut-être l'avait-elle mal entendue, il y avait du bruit dans la rue. Et le message sur son répondeur était trop lointain. Si elle l'avait entendue, cette voix, vraiment entendue, elle s'en serait certainement souvenue. Une voix grave, chaude, caressante même dans sa manière de prononcer Fiooona, avec une intonation un peu traînante. Il pourrait être du Sud, se dit-elle. C'est très important, la voix, surtout lorsqu'il s'agit de décrocher un premier rendez-vous.

— Vous… qui est à l'appareil ?

Une vague hésitation à l'autre bout du fil, puis :

— Ne me faites pas marcher, Fiooona. Vous le savez très bien, qui est au bout du fil. Je parie que mon nom est déjà inscrit dans votre téléphone et que vous comptiez les jours en vous demandant pourquoi je ne vous rappelais pas. Je me trompe ?

Sûr de lui, le garçon, quand même ! Fiona sent monter en elle une pointe d'irritation, assortie de l'inévitable question « mais pour qui se prend-il, ce nain ? » qu'elle réfrène aussitôt. D'expérience, Fiona sait qu'instaurer un rapport de force d'emblée dans une relation (s'il doit y avoir une relation, ce qui, dans le cas présent, n'est pas encore évident) ne sert à rien, si ce n'est à fausser les bases. Et à installer ce qui doit être installé sur un support bancal qui explosera à la première occasion. Donc : calme. Ce qui n'empêche pas de ne pas rentrer dans le jeu de l'autre et de le remettre à sa place… mais gentiment.

— Ah ! Vous êtes l'homme aux gâteaux ? Jasper euh… c'est ça ?

Et toc ! S'il croit qu'elle va se laisser avoir comme ça. Rien de mieux qu'une petite glissade sur le prénom pour montrer à un homme qu'on ne l'a pas attendu.

— Janus ! répond l'autre, en jouant les offusqués. Bon, OK, présomptueux de ma part. Peut-être n'avez-vous pas compté les jours… si vous ne vous souvenez même pas de mon prénom. Pourtant, en général…

Il laisse sa phrase en suspens.

— Je suis content que vous m'ayez appelé, Fioona…

— Quoi, « en général » ? reprend celle-ci, décidée à ne rien laisser passer. Cela vous arrive souvent de déposer des beignets à la cannelle aux da… euh… aux demoiselles en bas de chez elles ?

Fiona sourit intérieurement. S'appeler une demoiselle, alors qu'elle manque s'arracher les cheveux chaque fois qu'elle le voit calligraphié sur un carton d'invitation. Mais, compte tenu de la situation, ça lui paraît plus adapté. Et puis… quel âge lui donne-t-il, au fait ? Avec son ravalement de façade, il faut remettre les compteurs non pas à zéro, mais bien quelques années en arrière.

— Oooh ! *Demoiselle*, il ne faut quand même pas exagérer ! À trente-cinq ans, on n'a plus très envie de se faire traiter de demoiselle, si ? C'est ça, vous avez dans les trente-cinq, par là ? Vous n'êtes pas obligée de me le dire, vous savez…

— C'est ça ! C'est exactement ça ! s'empresse de confirmer Fiona, trop contente de se voir délestée de douze années d'un coup.

Toute à l'euphorie de son nouvel âge, elle en oublie qu'il n'a pas répondu à sa question.

— Alors… ça vous dit, de prendre un verre avec moi ? Ce soir, au bar du Four Seasons ?

— Euh… Eh bien, si vous voulez, oui. Avec plaisir…

— Formidable ! On dit 18 heures ?

— C'est un peu tôt, non ?

— C'est-à-dire… j'ai cours à 20 h 30 alors si on veut quand même avoir un peu de temps…

— *Cours* ?

Fiona met un quart de seconde à digérer l'information. Évidemment, c'est un gamin !

— Cours de quoi ?

— Je vous raconterai ! À ce soir, alors ? dit-il d'une voix enjouée.

Et sans laisser à Fiona le temps de répondre – décidément ce gosse est sûr de sa petite personne –, il raccroche.

*

* *

C'est donc dans le bar du Four Seasons bondé, à 18 heures et des brouettes, autour d'une Caïpirinha pour elle et d'un Screwdriver (qui n'est autre que le petit nom que donnent les spécialistes à la vodka orange) pour lui, que Fiona fait la connaissance de Janus. Et Janus, la connaissance de Fiona. Elle est arrivée juste après lui, il venait de s'installer dans l'un des profonds fauteuils et consultait la carte d'un œil distrait (de toute façon, il avait beau lire et relire la liste des cocktails, il revenait toujours au Screwdriver) tout en plaisantant avec le barman, qu'il semblait bien connaître.

— C'est un de vos QG ? demande Fiona en arrivant.

En la voyant, il se lève par réflexe (un bon point, songe-t-elle) et, comble de l'élégance, s'incline légèrement pour mimer un baisemain. Mais où a-t-il été élevé, ce gamin ?

— Oui enfin… non enfin… si, un peu, quand même.

Après avoir pris leur commande, le barman s'éclipse en lançant à son ami un clin d'œil discret, mais pas suffisamment pour que Fiona ne le voie pas, qui semble signifier « ben dis donc, on ne s'embête pas ! » ou autre grivoiserie que les hommes aiment échanger entre eux. De préférence misogyne, et de préférence sexuelle. Cela dit, n'ayant pas été regardée de la sorte (avec une grivoiserie misogyne chargée de testostérone) depuis un bon bout de temps, Fiona se sent plus flattée qu'agressée. Elle en rougirait presque.

— Vous rougissez…, fait observer Janus en souriant d'un air attendri.

Émue, Fiona lui rend son sourire. Avec ses manières désuètes et son côté attentionné, si rare de nos jours, Janus est délicieux. Il soulève son cocktail dans sa direction avec un hochement de tête, elle soulève le sien et ils commencent à boire en silence. Fiona profite de ce que le jeune homme a le nez dans son verre pour l'observer par-dessus le sien, ce qui au pire, s'il s'en aperçoit, pourra passer pour de la minauderie. Et au mieux, s'il ne s'en aperçoit pas, permettra à Fiona de le détailler tranquillement. Et de se faire une première idée.

Pas très grand mais habillé avec une élégance pointue d'un jean et d'une veste en lin anthracite avec de fines rayures crème sur un simple T-shirt noir, des mocassins de cuir marron à bout carré, une montre qui doit être une Breitling sur un poignet d'une finesse exquise, prélude à de longues mains… prélude à de longues caresses ? L'esprit de Fiona commence à vagabonder, il est temps de poser la question qui, depuis, le début, la tarabuste… avant d'avoir les réflexes trop au ralenti.

— Dites-moi, Janus… depuis le début, je voulais vous demander : comment avez-vous fait pour me trouver ? Je veux dire, nous ne nous connaissons pas, et vous vous débrouillez pour déposer mes beignets préférés en bas de mon immeuble, moi je veux bien mais comment diable avez-vous fait ?

Le nez dans son cocktail, Janus l'observe d'un air amusé. Il abandonne la paille qu'il était en train de téter pour répondre avec assurance. Il est évident qu'il devait s'attendre à cette question.

— À votre avis, Fioooona ? J'ai fait comme tous les vilains garçons de mon âge qui flashent sur une nana dans la rue. Je vous ai vue et, n'osant pas vous aborder parce que vous n'étiez pas seule, je vous ai suivie jusque chez vous. Je ne savais pas que vous iriez chez vous, d'ailleurs, j'ai eu de la chance. Je me suis dit, comme ça, si je n'ose pas lui parler aujourd'hui, je ne l'aurai pas perdue, je saurai où la trouver… lorsque j'aurai réussi à vaincre ma timidité…

En parlant de sa timidité, qui n'est pourtant pas ce qui saute aux yeux de prime abord, Janus pique un fard à son tour. Si quelqu'un les regardait, il se demanderait ce que peuvent bien se dire ce jeune garçon et cette femme de, disons, trente-cinq ans, pour rougir à tour de rôle de la sorte.

— Non, la vraie question, c'est : comment j'ai su que vous adoriez les doughnuts à la cannelle avec de la crème dedans. Ça, je reconnais, je ne voudrais pas m'envoyer des fleurs mais c'était quand même assez fortiche, dit-il, en roulant des yeux pleins de malice et en s'enfonçant dans son fauteuil. Alors ? À votre avis ? insiste-t-il dans un grand sourire.

— Je ne sais pas, moi… Peut-être que les vieilles dames aiment toutes les beignets à la cannelle avec de la crème dedans ? plaisante Fiona.

C'est drôle comme elle se sent légère avec lui, joueuse. Aucune gêne pour cette première rencontre, la conversation semble fluide, chacun à l'aise dans ses baskets et dans ses mots. C'est bizarre, songe Fiona, qui essaie de se remémorer les entretiens préliminaires avec ses anciens amants. Car c'est une possibilité, n'est-ce pas… qu'ils deviennent amants. Sinon, pourquoi seraient-ils là ? On ne donne pas sa carte à une inconnue en lui disant qu'elle est très belle et qu'on l'invite à prendre un verre, et on ne répond pas à une telle invitation s'il n'y a pas, de part et d'autre, quelques idées derrière la tête. Surtout dans cette ville, où tout va tellement vite que personne ne peut s'offrir le luxe d'avoir du temps à perdre.

Janus la regarde en plissant le front d'un air faussement courroucé.

— Très drôle ! Une vieille dame, et puis quoi encore ? Vous ressemblez à une gamine et vous le savez parfaitement. Et même…

Janus laisse sa phrase en suspens. Il était sur le point de lui dire qu'elle avait même peut-être fait des efforts *particuliers* pour continuer de ressembler à une gamine, il y a plein de femmes qui le font, mais non… Pour commencer, il ne le croit pas et c'est un point sur lequel il aime penser qu'il a l'œil. Et puis ce ne serait pas gentil pour un premier rendez-vous. Il sait qu'il se laisse trop souvent emporter par sa verve, et que ce qu'il dit pour être drôle ou attentionné peut parfois être perçu comme intrusif… voire agressif.

— Allons… réfléchissez, poursuit Janus en effleurant la joue de Fiona d'un geste taquin. Le coup du beignet, je n'ai pas pu l'inventer, alors ? Comment ai-je pu savoir ? Et surtout… là, je vous donne un indice énorme… et surtout, *où* ?

Évidemment ! Il faut réfléchir en termes de *lieux*. Et le seul endroit où Fiona a récemment mangé un beignet à la cannelle (bon, OK… deux ! mais elle avait besoin de se consoler), c'était avec Shirley (« vous n'étiez pas seule », a-t-il dit) au Terrace 5, le restaurant du MOMA. Mais elle ne se souvient pas d'avoir aperçu Janus dans les parages. Il faut dire qu'elle avait les yeux très embués à cause de la crise de David qui, si elle n'était pas complètement inexplicable, avait pris une ampleur qui n'était pas justifiée.

— Au musée… Je déjeunais avec ma fille…

— Voilà ! s'enthousiasme Janus en battant des mains. Bravo ! Je vais tout vous raconter…

Il fait signe au barman d'apporter la même chose. Pour lui, un Screwdriver, une Caïpirinha pour elle. Et une recharge de cacahouètes.

— J'étais tranquillement en train de grignoter une salade à l'avocat et au poulet fumé en lisant le *Herald Tribune*, c'est probablement pour ça que vous ne m'avez pas vu, parce que j'étais caché derrière un journal… quand j'ai entendu une voix.

Il marque une pause, comme s'il était soucieux de ménager son effet. Ce garçon a beau être à peine sorti du berceau, avec les femmes il a déjà l'art et la manière.

— Votre voix. Savez-vous, Fiooona, dit-il en se penchant vers elle pour la regarder dans les yeux, que vous avez une voix terriblement sexy ?

Alors là, c'est une première ! Fiona veut bien admettre qu'aujourd'hui elle a un visage sexy, un corps sexy, une poitrine sexy et même une chute de reins sexy… mais la *voix* ? D'autant que si elle se rappelle bien, ce jour-là, elle avait tellement pleuré qu'elle devait avoir le timbre éraillé d'une fumeuse… ou pire, d'un homme ! Cela dit, elle aussi a été séduite par la voix et les intonations de Janus. Un point commun, qui ne manque pas d'originalité. Serait-ce un signe ?

— Bref, je vous entends parler. Vous disiez quelque chose comme…

Il se gratte le menton et contemple le plafond. Une manière comme une autre de puiser dans ses souvenirs.

— Oui… c'est ça… vous parliez de trois semaines de rêve dans une maison des Hamptons. Je m'en souviens, parce que j'aime beaucoup les rêves… et j'aime beaucoup les Hamptons. Ma famille à une propriété par là-bas, et j'y ai passé toutes les vacances de mon enfance.

Janus dit ces derniers mots d'un ton si nostalgique que Fiona en est touchée. Elle ne peut s'empêcher de lui poser la question :

— La manière dont vous dites ça… on dirait que ça vous rend triste. Vous n'y allez plus ?

— C'est-à-dire… Je ne vois plus beaucoup ma famille, en fait…

D'une pichenette, il chasse une mèche imaginaire autour de son visage, comme s'il s'agissait d'une image désagréable qui serait venue le tarabuster. Il sourit et poursuit.

— Mais ne parlons pas de tout ça. Enfin, pas pour l'instant. Plus tard, peut-être…

Il toussote et boit une gorgée de son cocktail.

— Bien, où en étais-je ? Ah oui ! Alors, je suis au MOMA, j'entends votre voix et je me dis que j'aimerais beaucoup connaître la femme qui se cache derrière un timbre pareil, je veux dire… je suis très sensible aux voix, ça opère sur moi comme une musique… ça peut m'émouvoir comme une musique. Alors voilà : je lève les yeux en direction de la voix, je lève les yeux sur vous, donc, et…

Janus rougit de manière charmante.

— …vous m'éblouissez comme un soleil. Voilà.

Voilà. Que répondre à cela ? Que répondre à un type qui a vingt-sept ans de moins que vous (mais Dieu merci, vous êtes seule à le savoir… lui n'en a comptabilisé que quinze – ce qui est déjà pas mal), sexy en diable, qui vous avoue en rougissant que vous l'avez ébloui comme un soleil, voilà ?

— Ah oui quand même !

Fiona se sent la reine de la repartie. Ah oui quand même ! Difficile de trouver pire. Elle a un regard furieux vers son sac, où figure son petit carnet compteur de calories, mais pas de petit carnet donneur de reparties… simplement parce que, confiante jusqu'à présent dans sa vivacité d'esprit, elle n'y avait jamais pensé. Hum. Elle devrait s'en écrire un…

— Oui, enfin je veux bien mais… euh… tout ça ne dit pas comment vous avez su que j'aimais les doughnuts à la cannelle avec de la crème dedans !

— Ben si… Vous m'avez peut-être aveuglé, mais vous ne m'avez pas rendu sourd.

Il rit.

— Et vous n'avez pas été avare de précisions lorsque vous les avez commandés, je vous rappelle. Vous avez demandé s'ils étaient à la cannelle « comme d'habitude ». Pas très compliqué, dès lors, de se faire une petite idée de vos habitudes, justement !

Évidemment, vu sous cet angle… Fiona jette un rapide coup d'œil à sa montre. Janus ne lui a-t-il pas dit qu'il avait cours ? Elle aimerait bien obtenir à son tour quelques informations sur ce garçon perspicace et mystérieux avant qu'il ne s'envole.

— Bon, dit-elle en posant la main sur le bras de son compagnon, assez parlé de moi et de ma gourmandise. Si vous me parliez plutôt de vous ?

— Hum… c'est une longue histoire.

Janus regarde sa Breitling à son tour.

— Je crains que nous n'ayons pas vraiment le temps ce soir, je… euh…

— Oui, je sais : vous avez cours. Cours de quoi, au fait ?

— Je vous le dirai, mais pas maintenant. Là, je dois vraiment y aller euh…

Il lui prend les deux mains dans les siennes.

— Fioooona… cela vous dirait-il de poursuivre cette délicieuse conversation autour d'un dîner… je connais un petit italien que vous allez adorer. Demain soir, par exemple ?

À peine a-t-elle balbutié un oui à la fois ravi et surpris, en se disant qu'elle devra juste passer un coup de fil à Shirley pour remettre à une autre fois la séance de cinéma qu'elles avaient prévue, qu'il s'est déjà élancé vers la sortie. Elle prend ses affaires et s'apprête à le suivre pour savoir où et à quelle heure ils doivent se rejoindre le lendemain, quand le barman lui apporte l'addition.

— Excusez-moi, madame, je termine mon service. Serait-il possible d'encaisser vos consommations ?

*
* *

Le lendemain matin en se réveillant, Fiona trouve sur son portable un SMS de Janus. Envoyé apparemment très – très – tard la veille au soir… ou, pour être plus exacte, le matin très tôt.

Janus : Bonjour Fiona. Toujours partante pour notre petite dinette italienne ce soir ?

Aucune allusion au fait qu'il est parti sans payer en lui laissant la note, il devait penser à ses cours et ne même pas s'en être rendu compte. Un peu limite pour un premier rendez-vous, se dit Fiona, peu habituée à ces manières pour le moins cavalières, bizarres pour un garçon par ailleurs si bien élevé. D'un autre côté il est jeune, et elle est au-dessus de ça. Il avait l'esprit ailleurs, se répète-t-elle, et l'excuse lui convient. Vu le contexte, elle n'est certainement pas au bout de ses surprises et mieux vaut prendre d'emblée l'habitude de passer sur les petites contrariétés. Vingt-sept ans d'écart, c'est une génération… un monde ! Peut-être devrait-elle demander conseil à Shirley. À cette idée, Fiona frémit et remonte la couette jusque sous son menton. S'il se passe quelque chose avec Janus, quelque chose de sérieux… comment va-t-elle pouvoir l'annoncer à sa fille ? Mais elle n'en est pas là. Il y a pour l'instant un SMS qui demande une réponse. C'est là l'unique urgence.

Fiona : Bonjour, Janus. Pas de problème pour ce soir, bien au contraire… ce sera avec plaisir. Où et quand ?

Janus : Je passe vous prendre. 19 h 30, ça vous convient ?

Fiona : OK. À ce soir !

Janus : J'attends ce soir avec impatience !

Il est adorable ! Reste maintenant à annuler Shirley. Fiona va se préparer un café dans la cuisine en relisant le dernier message de

Janus, et retourne en souriant sous la couette pour passer son coup de fil.

— Allô, Shirley ?

— Maman ! Tu vas bien ? Tu te souviens qu'on va au cinéma ce soir… Keith s'est arrangé pour se libérer et venir avec nous !

Merde ! se dit Fiona. En plus, il avait fait un effort. C'est encore plus moche de leur faire faux bond, mais enfin… il s'agit d'un cas de force majeure.

— Écoute, Shirl… Il faut que je te dise quelque chose, ce n'est pas très facile…

— Tu t'es remise avec David ?

— Ben non. Je ne me suis pas *remise* avec David. Je n'ai jamais été avec lui. On se reparle, c'est vrai… mais…

— Alors c'est quoi ? Cesse de prendre ta voix mystérieuse et vas-y, dis-le, maman ! Tu n'es plus une gamine !

Fiona sourit en repensant à la conversation qu'elle a eue avec Janus qui, justement, lui disait qu'elle ressemblait à une gamine. Elle inspire une grande goulée d'air et déclare, le cœur battant à tout rompre :

— Euh… Il faudrait qu'on décale le cinéma de ce soir parce que je ne pourrai pas venir parce que… euh… j'ai rencontré quelqu'un et il m'a invitée à dîner et j'ai accepté. Voilà !

Silence, puis, de nouveau, la voix de Shirley.

— Mais c'est génial, maman ! Bravo ! Je suis contente pour toi ! Moi qui croyais….

— Oui, ho, écoute… je préfère ne pas savoir ce que tu croyais, parce que tu vois…

Pourquoi Fiona est-elle aussi agressive ? Shirley est contente pour elle et c'est vrai que, ces dernières années, vue de l'extérieur (et de l'intérieur aussi, d'ailleurs), sa vie amoureuse ne brillait pas par sa stabilité. Et que, pour les personnes qui tenaient à elle, il pouvait y avoir de quoi s'inquiéter.

— Excuse-moi… c'est l'angoisse du premier rendez-vous, ça me rend à la fois euphorique et… je ne sais pas… nerveuse.

— C'est normal, maman ! Depuis le temps. Et puis, peut-être que tu sens que ça peut être important. Il s'appelle comment ?

— Janus…

— Ah c'est original. Et où vous êtes-vous rencontrés ?

— Oh, tu sais… le truc habituel. Dans un restaurant… Ouh ! Il est tard, il faut absolument que j'y aille ! J'ai rendez-vous avec David pour la maison. Je te raconte tout quand on se voit, OK ?

— OK. Hé ! maman ?

— Oui ?

— Passe une très belle soirée !

À 19 h 30 précises, un coupé BMW décapotable – et décapoté – bleu nuit se gare devant l'immeuble de Fiona et Janus en sort pour aller lui ouvrir la portière.

— Mais ce n'est pas la même que la dernière fois, s'exclame Fiona, regrettant presque le confort de la Bentley, mais se disant que les cheveux au vent, elle aura l'impression d'avoir de nouveau vingt ans.

Ce garçon lui donne un sacré coup de jeune ! Fiona s'installe dans la voiture et boucle sa ceinture en la passant sous sa poitrine, histoire de ne pas trop écraser ses nouveaux seins.

— Vous en avez beaucoup, comme ça ? Je veux dire, euh… des voitures ?

Une fois qu'il a rejoint sa place derrière le volant, Janus prend la main de Fiona et s'incline dans un délicieux simulacre de baise-main.

— Quelques-unes. Elles sont à mon père. Il vit la moitié du temps en Europe et il me permet de me servir de ses voitures quand il n'est pas là. Enfin… c'est parce qu'il pense qu'il faut qu'elles tournent, sinon il ne me les prêterait jamais. Vu ce qui s'est passé entre nous...

— Que s'est-il passé ?

Énervé sans doute rien que d'y penser, Janus déboîte un peu brusquement sans mettre son clignotant et manque se faire emboutir par un camion de bagels. Le chauffeur passe par la fenêtre une petite main boudinée chargée de bagues, laissant à peine apercevoir un gros majeur tendu dans un geste obscène, assorti d'un virulent « casse-toi, pôv'con ! » qui reprend, mais le type ne doit même pas le savoir, une citation bien connue du président de la République française. Janus ne répond pas à l'insulte, par égard pour sa passagère. Mais ce n'est pas l'envie qui lui en manque.

— Ce qui s'est passé avec mon père ? Eh bien... J'avais une petite amie de vingt ans, Elodie, elle s'appelait... elle était étudiante en cinéma à l'université de Columbia (marrant, pense Fiona, c'est là que le petit ami de Shirley a fait ses études) et...

À ses phalanges qui blanchissent sur le volant à force de le serrer, et à la veine bleue qui bat sous son œil, il est assez clair que pour Janus, l'histoire n'est pas facile à raconter. Il se gare sur le bas-côté et regarde Fiona droit dans les yeux.

— J'ai eu le malheur de la présenter à mon père et il me l'a piquée. Voilà.

L'histoire rappelle à Fiona le souvenir cuisant du jour où elle a découvert que son mari fricotait avec cette championne de surf, beaucoup plus jeune que lui, qu'il avait fini par épouser. Dans un élan d'affection, elle pose sa main sur le poignet de Janus et commence à le caresser. Surpris, le garçon la regarde un court instant par en dessous et redémarre, glissant dans le flot des embouteillages tout en poursuivant son récit.

— Mais ce n'est pas que la faute de votre père, vous savez..., dit Fiona en se souvenant du gringue que la surfeuse avait fait à son mari, et sous son nez, encore. Il faut être deux pour ce genre de chose.

— Je sais. Justement. C'est elle, cette pauvre salope intéressée, qui a tout fait pour le séduire. Et lui, il n'a pas pu résister. Putain, ce que les hommes sont faibles, par moments. Mais bon, je n'ai rien à dire, hein ? Moi aussi, je m'étais laissé avoir. Sauf que quand elle a vu le père, elle s'est dit que c'était mieux que le fils, je veux dire, l'accès à la fortune était plus direct, n'est-ce pas ?

Janus fixe le pare-chocs de la voiture devant lui, comme perdu dans ses pensées.

— Et maintenant, ils se sont mariés. Et à peine était-elle devenue sa femme, et par la même occasion ma belle-mère (vous vous rendez compte ! mon ex-petite amie qui devient ma belle-mère !), qu'elle s'est arrangée pour me faire non seulement couper les vivres, mais aussi déshériter. Je ne sais pas quel cirque elle a fait à papa – il faut dire qu'elle n'était pas dénuée de talent, dans le genre –, mais elle a réussi à faire mettre un tas de trucs à son nom. L'appartement sur Central Park, l'assurance vie, tout un tas de comptes... même la maison des Hamptons, où j'ai passé mon enfance et où je suis prié de ne plus mettre les pieds parce que désormais, c'est chez elle. Alors pour se donner bonne conscience, mon père finance mes études et pour le reste, je me débrouille. Ah, si...

Il fait un grand geste qui englobe la voiture.

— Il me laisse utiliser ses joujoux. Enfin...

Janus pousse un long soupir.

— Désormais, c'est à peine si nous nous parlons, avec mon père, et inutile de vous dire qu'avec elle, c'est encore pire : non seulement nous ne nous adressons plus la parole, mais elle est devenue ma pire ennemie. Dès qu'elle peut me faire une vacherie, elle ne s'en prive pas. Pourtant... je ne lui ai rien fait, moi. C'est elle qui m'a plaqué ! Ah, c'est ici..., dit-il en se garant. Nous sommes arrivés.

Dans une petite courette plantée de citronniers en pots, le restaurant italien choisi pas Janus est une de ces adresses secrètes qui se nichent encore dans les recoins de Brooklyn, loin de tous ces bistros à la mode et des bars lounge à la musique assourdissante qui fleurissent à tous les coins de rue. Totalement absorbée par Janus et par ce qu'il lui racontait, Fiona ne s'est même pas rendu compte qu'ils avaient quitté Manhattan et passé le pont. Ce n'est qu'en apercevant les tours illuminées, de l'autre côté de l'Hudson, qu'elle a réalisé qu'ils étaient à Brooklyn. À deux pas de chez Keith, et de chez sa fille, Shirley.

— C'est drôle…, dit Fiona en prenant place à une minuscule table blottie sous les ramages d'un citronnier.

Partout, des petites bougies dans des photophores éclairent les dîneurs, et une fontaine couverte de mousse verte coule doucement, donnant à l'endroit un peu de fraîcheur.

— Qu'est-ce qui est drôle ?

Avant même de leur apporter les cartes, une jeune femme (jupe mini, cheveux maxi) arrive avec deux Bellini glacés. Fiona boit une gorgée, puis une deuxième. Avec la Caïpirinha, le Bellini, ce mélange de jus de pêche blanche et de champagne ou de vin blanc pétillant, est son cocktail préféré.

— Ma fille. J'ai une fille de euh…

Merde ! se dit Fiona. Dans quelle galère me suis-je embarquée ? Si je dis que j'ai une fille de vingt ans, il ne va plus pouvoir croire que j'en ai trente-cinq !

— … dix-sept ans. Elle vient de s'installer dans le quartier. À deux pas d'ici, en fait. C'est amusant…

Pourvu qu'il ne me prenne pas pour une mère indigne, songe encore Fiona, de laisser une gamine de dix-sept ans vivre seule ! Mais Janus ne fait aucun commentaire, si ce n'est :

— Vous devez l'avoir eue très jeune, alors… Remarquez, c'est bien, d'avoir ses enfants jeunes… ça permet d'avoir du temps pour soi, pour vivre, après…

Il lui sourit, et elle lui rend son sourire.

— Parlez-moi de vous, Janus…, susurre Fiona de sa voix de séductrice, soucieuse de détourner la conversation de l'épineux sujet qu'est sa fille – ou plus exactement l'*âge* de sa fille. Ces études, alors… de quoi s'agit-il ?

La serveuse s'approche avec une bouteille de vin blanc frais, qu'elle présente à Janus avant de la déboucher et de la leur faire goûter. Elle a aussi à la main un petit calepin qui, à la grande surprise de Fiona, ne sert pas à prendre la commande, mais à raconter le menu.

— Ici, on ne choisit pas, explique Janus avec un clin d'œil à la fille. C'est au gré de l'inspiration de Giuseppe. Le chef. Il prend ce qu'il trouve de bon au marché, c'est un maniaque des produits, vous allez voir… et il le cuisine selon son envie. Pour le vin, c'est pareil. C'est lui qui choisit. Mais comme sa famille a une propriété viticole en Toscane, on n'est en général pas mal lotis.

Ce soir, ils ont le choix entre une soupe froide d'artichaut ou une friture d'alevins pour commencer, suivis de linguine au citron et au romarin, puis, au choix encore, d'un vitello tonnato ou d'un filet de bœuf grillé sur son lit de roquette. Un seul dessert : le fameux tiramisu aux fruits rouges, spécialité de l'endroit, aussi appelé tiramisu Giuseppe, du nom de son inventeur et maître incontesté. Janus laisse à Fiona le soin de décider du menu, ce qu'elle fait avec enthousiasme sans essayer de masquer sa gourmandise (après tout, c'est avec des beignets qu'il l'a séduite), et opte pour les mêmes plats. Les alevins, les pâtes, et le vitello tonnato.

— Mes études ?

Le regard de Janus se met à briller.

— Plus que des études à proprement parler, c'est vraiment une passion. J'étudie la photo. Encore quelque chose qui n'a pas eu l'heur de plaire à mon père ! Il estime que ce n'est pas avec ça que je vais gagner ma vie. Mais enfin, au point où on en est... Sinon, pour le reste, je m'appelle Janus C Le Roux, C pour Charles, qui était le prénom de mon grand-père, et avant lui celui de son père, j'ai vingt ans exactement (Oh ! Mon Dieu ! Vingt ans ! se dit Fiona en refaisant encore une fois le compte des années qui les séparent), je viens d'une famille canadienne qui vit à Montréal, sauf mon père qui, comme je vous l'ai dit, se partage entre New York et les capitales européennes. Depuis des générations, les hommes de la famille sont avocats d'affaires, ce qui ne leur a pas trop mal réussi. Quand ils n'ont pas leur propre cabinet, ils sont associés chez les plus grands... Moi-même, j'aurais dû faire mon droit pour me conformer à la tradition familiale... alors vous imaginez, quand j'ai voulu rentrer à Columbia pour étudier la photo, déjà que j'étais le vilain petit canard, là, je suis carrément devenu l'horrible canard boiteux de la famille... une disgrâce ! C'est ce que mon père, qui n'a pas l'habitude de mâcher ses mots, a dit. Une disgrâce ! C'est sympa, de dire ça de son enfant, non ? J'aimerais tellement réussir pour leur montrer qu'ils ont tort, tous autant qu'ils sont, et que je ne suis pas aussi nul qu'ils le pensent !

L'ombre de tristesse qui passe dans les yeux de Janus à ce moment-là et sa détermination finissent d'attendrir Fiona. Elle lui prend la main et il y entrelace ses doigts.

Lorsque le chef vient leur demander ce qu'ils ont pensé du dîner et leur apporter l'addition, Fiona sort d'autorité sa carte de crédit. Janus proteste, mais elle ne veut rien entendre.

— Laissez, ça me fait plaisir. Et puis... il faut que vous gardiez vos économies pour financer votre passion. Ça coûte cher, tout le matériel dont on a besoin pour faire de la photo...

Sentant qu'elle le comprend, il lui sourit encore plus fort.

— Je n'ose pas vous proposer de prendre un dernier verre à la maison, avec mon colocataire qui laisse tout son bazar partout...

— Allons chez moi ! On sera plus tranquilles ! dit Fiona, qui a bien entendu dans la phrase de Janus qu'il n'était pas particulièrement fier de l'endroit où il vivait, et peu désireux de le lui montrer.

Tandis qu'ils sortent du restaurant pour reprendre la voiture, un ange passe, avec des idées – carrément – crapuleuses.

Quand Fiona se réveille le lendemain, pratiquement à l'heure du déjeuner, percluse de courbatures mais littéralement aux anges, elle trouve la place à côté d'elle vide mais encore chaude, et sur la table de la cuisine une Thermos de café et une boîte de beignets à la cannelle (avec de la crème dedans) tout frais, avec juste ce petit mot : « Merci, mon ange, pour cette merveilleuse soirée… et cette nuit de rêve ! À très vite ! Je t'embrasse, J. »

*

* *

28 juin 12 h 25

De : Shirley@manhattan.com

À : Eventia@dreamalittledream.com

Cc : Tatiana@girlpower.us

Objet : hallu !

J'hallucine, ou quoi ? Hier, je rentrais tranquillement du cinéma avec Keith, nous étions allés voir le film où Mickey Rourke joue le rôle d'un boxeur, vous savez ? Pas mal, d'ailleurs, le type, quand on sait d'où il revient ! Keith n'est pas de mon avis, évidemment, il suffit que je trouve un homme séduisant pour qu'il dise le contraire (bon, OK, je fais pareil pour les filles…), mais moi j'ai trouvé qu'il était, avec quelques années et quelques bobos de plus, évidemment, presque aussi sexy que dans Neuf Semaines et demie… *Presque… Bon, bref… Et en passant devant le restaurant « Giuseppe », l'italien où on aime bien aller, avec Keith, quand on a envie de passer une soirée romantique (il y a tout, dans ce bistrot : la courette, les citronniers, des petites bougies partout et une fontaine qui coule délicieusement… ah ! et des vins blancs à tomber par terre, c'est le cas de le dire), devinez qui je vois ?? Ma mère ! Attablée près de la fontaine, justement, dans l'axe de la porte, franchement, en passant dans la rue, on ne pouvait pas la louper. Bon, j'ai jeté un œil discret pour voir avec qui elle était, parce qu'elle venait de me dire qu'elle avait rencontré quelqu'un et… Putain, les filles ! Le mec, on dirait qu'il a douze ans !*

Vous croyez que c'est possible, les filles, que ma mère ait atteint l'âge de se payer un gigolo ?

28 juin 12 h 40

De : Eventia@dreamalittledream.com

À : Shirley@manhattan.com

Cc : Tatiana@girlpower.us

Objet : just a gigolo

Franchement, oui… mais pas comme tu le dis.

Si tu demandes s'il est possible que ta mère ait une histoire avec un mec plus jeune, je te dirai oui et cent fois oui. D'abord, parce que je ne sais pas ce qu'elle a fait mais depuis son spa mexicain, ta mère, elle est canon pour son âge… attends, non… elle est juste canon tout court. Et d'une. Et de deux parce que (pardon de remuer le couteau dans la plaie, mais il faut regarder les choses en face, ma cocotte !), les mecs de vingt ans aiment les femmes de quarante. C'est comme ça. Même Derek, si je ne le tenais pas, je parie qu'il ne cracherait pas sur une rombière de temps en temps. Et depuis Demi, ben… ça a fait école.

D'un côté, pour nous, ça fait de la concurrence et de l'autre… ça nous laisse aussi le temps de voir venir. Il y aura toujours des garçons de vingt ans quand nous en aurons quarante (évidemment, aujourd'hui c'est un peu au stade virtuel puisqu'ils ne sont même pas nés !)

En revanche, si tu demandes si ta mère est en âge de se payer un gigolo, c'est non. Je veux dire… elle n'a pas besoin de payer !

T'en penses quoi, Tattie ?

28 juin 13 h 10

De : Tatiana@girlpower.us

À : Shirley@manhattan.com

Cc : Eventia@dreamalittledream.com

Objet : Re

J'en pense que je sais pourquoi je préfère les chiens !

Déjà que ce n'est pas évident de se comprendre entre mâles et femelles, si en plus on complique avec un gap générationnel… on n'en sort plus !

Moi je trouve ça courageux…

Girl Power !

Yo !

PS : Et Keith, tiens… il en pense quoi, lui ?

28 juin 13 h 35

De : Shirley@manhattan.com

A: Tatiana@girlpower.us

Cc: Eventia@dreamalittledream.com

Objet : même pas en rêve !

Je ne vais pas en parler à Keith pour l'instant, et puis quoi encore ? Il serait capable de me prouver par a+b qu'elle a raison, et que lui, à la place du mec, il ferait pareil. Et moi, je me connais, ça va m'énerver, alors… je ne vais pas tenter le diable non plus, *et mettre le bordel dans mon couple jusque parce que ma mère a une montée d'hormones avec un lémurien tombé de son nid. Non, ce que je vais faire, les filles, c'est traiter la chose par le mépris, comme si elle n'existait pas et que je n'avais rien vu (même à ma mère, je ne dirai rien…). De toute façon, demain nous partons quinze jours avec Keith en Californie pour son tournage… on peut espérer que d'ici là, ça lui aura passé !*

28 juin 13 h 40

De : Eventia@dreamalittledream.com

À : Shirley@manhattan.com

Cc : Tatiana@girlpower.us

Objet : good luck !

C'est sage, mais à mon avis, ce n'est pas gagné. Tu sais, Shirl, le démon de midi… ça peut durer !

*

* *

Fiona, 15 juillet.

C'est un amant extraordinaire ! Je commence à comprendre Demi Moore et toutes ces autres femmes qui sortent avec des garçons plus jeunes. Quelle euphorie ! Le contraste entre la force de ses étreintes et le côté encore juvénile de son corps (mais à vingt ans, un homme est déjà un homme, non ?), la douceur de sa peau, la fragilité, presque la timidité de ses caresses me transporte. Littéralement. À moins que ce ne soit le mariage de mon expérience de femme plus mûre, qui sait où elle veut aller, et de son ardeur de garçon encore vert, qui a l'endurance et la technique pour m'y amener ? En tout cas, Janus me fait décoller ! Il me regarde comme une idole et me traite comme une reine. Et je ne me souviens pas de m'être jamais autant amusée au lit ! Parce que c'est exactement de cela qu'il s'agit : nous nous amusons. Nous découvrons mille jeux, mille possibilités que nous offrent nos corps pour accéder au plaisir. Janus donne des ordres au lit et m'interroge sur mes désirs. Il dit ce qu'il aime et ce qu'il n'aime pas et ce qu'il attend, et m'incite à faire de même. Chaque fois que nous avons fini de faire l'amour, il me demande si j'ai eu un orgasme et comment il était.

Cela m'a un peu déstabilisée au début, mais maintenant je n'ai plus (enfin, allez... de moins en moins) peur d'en parler. Du coup, c'est une relation très libre, que nous avons. Ouah ! C'est génial. Je ne suis même pas sûre que Shirley, dans sa vie de petite-bourgeoise qui se donne des airs bohèmes, connaisse une chose pareille avec son grand Keith. Pas mal, le garçon, soit dit en passant...

Et puis, Janus, lui, au moins, il parle *! Je veux dire, ce n'est pas comme tous ces hommes de ma génération qui se complaisent dans le non-dit (ce n'est pas le mensonge, hein, juste le non-dit : ce que l'on ne dit pas n'est pas un mensonge, on ne le dit pas, c'est tout...), les pires étant ceux qui ne disent rien mais qui s'attendent à ce que l'on comprenne ce qu'ils n'ont pas dit, faute de quoi ils font la gueule. Je ne vise personne ! Enfin...*

Janus parle, Janus se raconte, il ne cache rien de son histoire, même si cela n'a pas dû être drôle tous les jours, le pauvre. Se faire piquer sa petite amie par son propre père, quand même ! Tiens, ça me fait penser à quelque chose : il ne m'a pas parlé de sa mère et je ne lui ai pas posé la question. Est-ce qu'il l'a toujours ? Est-ce qu'il s'entend bien avec elle ? Bizarrement, je ne sais pas, je... je n'en ai pas l'impression. Par moments, on le sent comme orphelin... comme s'il n'avait jamais vraiment eu quelqu'un pour s'occuper de lui...

Et il n'a pas non plus d'ego surdimensionné. Il me laisse l'inviter au restaurant et le couvrir de cadeaux (j'adore lui faire des cadeaux, des petites attentions, comme ça, qui le font sourire et qui me rappellent à lui : vous auriez vu sa tête, l'autre jour, quand je lui ai offert la chaîne avec la petite croix de vie égyptienne en or que j'avais trouvée chez cet antiquaire de Soho ! Il l'a mise autour de son cou en disant qu'il ne la quitterait jamais, qu'elle lui porterait bonheur...)

J'ai bien vu que, mis à part les voitures de luxe dans lesquelles il s'affiche et qui peuvent prêter à confusion, et ses vêtements qui semblent engloutir toutes ses économies, il ne roule pas sur l'or. Surtout après ce que son père et cette petite grue qui lui tient lieu de belle-mère lui ont fait. J'ai plus d'argent que lui, c'est normal que ce soit moi qui paie.

Bon, OK, David avait raison sur un point : il prend des Choco Pops au petit déjeuner. Mais moi, je trouve ça plutôt mignon.

*
* *

— C'est qui ce *nain* ?

À peine Fiona est-elle entrée dans la cuisine de sa fille pour l'aider à préparer les brochettes de poulet mariné que Keith compte faire griller sur le barbecue, que Shirley l'attaque, bille en tête. Pendant tout son séjour sur la côte Ouest, la question l'a tarabustée et elle s'est mordue la langue pour s'en tenir à ses bonnes résolutions et ne pas en parler. Mais là, devant sa mère, il est difficile de résister. Curiosité, quand tu nous tiens...

— Quel nain ? demande Fiona avec la plus grande mauvaise foi, sachant parfaitement ce qui va lui tomber dessus et regrettant de ne pas avoir pris les devants afin de maîtriser la situation.

Elle se demande toutefois comment Shirley, à qui elle n'a rien dit (pas folle !) et qui de surcroît était absente pendant quinze jours, peut déjà être au courant. Elle ne connaît Janus que depuis quelques semaines, et mis à part un ou deux bars d'hôtel où sa fille ne va jamais, et des petits restaurants discrets, ils ne se montrent pas trop, préférant la quiétude de l'appartement de Fiona et les tapas préparées par Asunción. Décidément, dans cette ville, les rumeurs vont vite...

— Le petit, là...

— Quoi, le petit ?

Et puis d'ailleurs, il n'est pas petit, Janus ! Pas aussi grand que Keith évidemment, qui, lui, est vraiment immense… mais pas vraiment petit non plus. Ses traits fins peuvent le faire paraître plus fragile et, à cet égard, plus « petit », si l'on veut… Plus jeune, moins adulte, moins homme peut-être, et pour Fiona, c'est ce qui fait son charme. Mais petit, non !

— Le mec, là… avec lequel tu dînais chez Giuseppe. Je vous ai vus !

Bon. Alors tout dépend à *quel* moment du dîner Shirley les a vus. Si c'est au début, Fiona peut encore nier, ils n'avaient ni les yeux dans les yeux ni la main dans la main… On pouvait encore croire à un dîner de copains, ou bien Fiona peut toujours prétendre qu'elle dînait avec le fils d'une amie (à cette idée, un frisson la parcourt à nouveau : le fait que Janus puisse être son enfant ne la quitte jamais complètement, au point qu'elle se demande s'il n'y a pas là quelque chose de quasi incestueux qui, parce que l'être humain a une part de perversité qu'il est inutile de nier, donne à toute l'affaire un charme supplémentaire). En revanche, à partir des pâtes au citron et au romarin, c'est mort. Ils en étaient à leur deuxième bouteille de vin blanc (en plus des Bellini) et leur attitude respective ne laissait aucun doute sur la nature de leur relation. Et Fiona ne va pas prendre le risque d'expliquer à sa fille que c'était la première fois, etc., car elle est encore sa mère et se doit de conserver vis-à-vis de sa fille une certaine image. Sortir avec un garçon du même âge que Shirley ne contribue pas forcément de manière positive à cette image. Pas à première vue, en tout cas…

Du coup, Fiona décide de tenter le mensonge (rappelez-vous du Mexique sur canapé : elle est experte). Si ça ne marche pas, elle trouvera bien quelques branches auxquelles se rattraper.

— Ah ! Lui ! C'est… euh…

Non, elle ne peut pas. Dire que Janus est le fils d'une de ses vieilles copines qui lui demande conseil sur les cursus d'architecture est au-dessus de ses forces. Ce serait plus simple, pourtant.

— C'est, euh…

Avec son impatience exacerbée par l'attente qu'elle s'était imposée, et son habitude de mettre les pieds dans le plat, Shirley, d'une certaine manière, la tire d'affaire.

— Ne te casse pas la nénette, maman. Je t'ai dit que je vous ai vus chez Giuseppe… ce que je ne t'ai pas encore dit, c'est que bon… comme tu venais de m'annoncer que tu avais rencontré quelqu'un et que c'était pour ça que tu annulais le cinéma, eh bien… j'ai un peu regardé.

Shirley marque un temps, se demandant comment elle va faire pour dire ce qu'elle a vu à sa mère.

— Alors ne me dis pas qu'il est le fils d'une de tes vieilles copines qui serait venu te demander, je ne sais pas, moi, quelle est la meilleure école d'architecture du moment, ou de le pistonner auprès d'un cabinet, ou que sais-je encore parce que… c'est ton amant, maman. J'ai très bien vu que vous vous teniez la main, et ce n'était clairement pas pour vous lire l'avenir. D'ailleurs, vous en étiez au café… il y a le fond des tasses, pour ça !

Shirley pose la dernière brochette dans le plat et, avant de sortir pour l'apporter à Keith qui vient de leur annoncer par la fenêtre ouverte que les braises sont prêtes, elle se campe, les mains posées sur les hanches telle une matrone, en face de sa mère.

— Alors ?

Au pied du mur, se dit Fiona, il faut franchir le mur. Elle prend une grande inspiration, rougit sans doute un peu (elle peut le sentir au feu de ses joues et vu la distance, ça ne peut pas être le barbecue)… et hop !

— Oui, tu as raison. Janus est mon amant.

Voyant s'envoler l'espoir – infime – que l'histoire fût terminée, comme dit Tattie le démon de midi s'inscrit dans la durée, Shirley manque s'étrangler. Ce qui est un peu fort puisque au fond, elle s'en doutait. Et n'attendait qu'une confirmation de la bouche de la principale intéressée. Elle sort du frigo une bouteille de chardonnay qu'elle débouche nerveusement et se sert un verre. « Ma mère est une pute », voilà ce que pense Shirley du fond de son inconscient.

— Janus ! Et il s'appelle Janus, en plus !

C'est ce moment-là que choisit Keith pour entrer dans la cuisine chercher le plat de brochettes que personne, finalement, ne lui a apporté.

— C'est qui, Janus ?

Comme personne ne répond, il remplit deux verres de vin, un pour lui, un pour Fiona (Shirley s'est déjà resservie, après avoir bu le premier d'un trait), et sort faire cuire la viande en invitant les filles à le suivre.

— Bon, allez… je vous conseille de venir vous installer et de commencer la salade. Je vais être prêt dans dix minutes !

À table, Keith revient à la charge. Par la fenêtre de la cuisine, il a entendu des bribes de conversation mère-fille qui lui ont paru assez croustillantes, et il brûle d'en savoir plus. D'autant que la tête que font les deux femmes, et leur manière de se regarder en chien de faïence, surtout Shirley qui donne l'impression de vouloir sauter à la gorge de sa mère, prouve qu'il s'est effectivement passé quelque chose autour du plat de brochettes.

— Alors, Fiona, vous ne m'avez pas répondu tout à l'heure… qui est Janus ?

Lorsque Fiona a annulé le cinéma l'autre soir, Shirley lui a dit que c'était parce qu'elle avait rencontré quelqu'un… l'équation n'est pas vraiment compliquée.

Certains se feront ici la réflexion que Keith a une curiosité de gonzesse, ce qui est vrai. Mais 1, les hommes ont, à mon avis, toujours fait preuve d'une curiosité qu'ils qualifient « de gonzesse » mais qu'ils ne sont pas les derniers à pratiquer, et 2, la génération de Keith, qui, c'est scientifiquement prouvé, perd ses poils et, c'est commercialement démontré, utilise de plus en plus de cosmétiques, se rapproche de la fille… et il n'est donc pas étonnant qu'elle commence à en développer aussi certaines caractéristiques comportementales.

Après tout, *so what ?* se dit Fiona. Elle est grande, elle assume ses choix… et sa fille, ni personne, n'a à la juger. Mais Shirley shoote la première, d'un air pincé.

— Comme elle n'arrive pas à en trouver un de son âge, maman va chercher les hommes au berceau, maintenant…

Et alors ? s'apprête à rétorquer sa mère.

— Ah bon… Et alors ? demande un Keith fort amusé.

Prise de court, Fiona le regarde, sidérée. Quant à Shirley, elle braque sur son petit ami des yeux furieux. Il pourrait au moins la soutenir sur ce coup, au lieu de prendre parti pour sa mère. Et alors ? il a dit. Et puis quoi, encore ? C'est *grave*, tout de même !

— Quoi « et alors ? » Maman sort avec un type de ton âge et… et toi, tu trouves ça *normal* ?

Très intéressée par le tour que prend la conversation, Fiona ouvre grand ses oreilles (image !). Keith la regarde avec un demi-sourire dans lequel elle croit même voir une lueur d'admiration. Quant à Shirley, elle continue de lancer des éclairs.

— Ben oui, « et alors » ! Je veux dire, aujourd'hui, c'est presque quelque chose de normal. Et puis, non, d'ailleurs… j'enlève le presque. C'*est* normal. Les femmes de quarante ans font de moins en moins leur âge et tu sais, Shirl, pour nous, les mecs… c'est très excitant, une femme de quarante ans. Elle a l'expérience, la douceur et un petit côté maternel…

Les yeux de Keith se perdent dans le vague, comme si ces mots réveillaient en lui des souvenirs. Shirley fulmine, ce qu'elle a tout fait pour éviter est en train d'arriver, mais le laisse continuer.

— … tout en ayant gardé un corps jeune, avec jusque ce qu'il faut de rondeur pour qu'on s'y sente bien…

— Mais ta gueule ! interrompt Shirley, n'y tenant plus. J'essaie d'oublier que toi aussi, tu aimes les vieilles et il faut que tu en rajoutes une couche !

— Oh, les enfants ! dit Fiona d'un air d'institutrice, reprenant sa place de mère. Vous n'allez pas vous chamailler pour ça, après tout il s'agit de ma sexualité et ça ne vous concerne pas. Tu n'avais qu'à ne pas regarder par la fenêtre du restaurant, Shirley. Ça ne se fait pas d'espionner sa mère. Et Keith…

Elle ne peut s'empêcher de lui sourire. Pourvu que Shirley ne fasse pas l'idiote et que ce garçon devienne son gendre !

— Merci pour ton soutien. Tu as raison… enfin, c'est aussi l'analyse que je me suis faite. Parce que vous imaginez bien que pour moi non plus, ça n'a pas été évident. Il a quand même *vingt-sept* ans de moins que moi…

— Quand même…, ne peut s'empêcher de maugréer Shirley.

Keith va dans la cuisine et en revient avec une nouvelle bouteille de vin.

— Et si on parlait d'autre chose, les filles ? De ce spa au Mexique, par exemple. Ce n'est pas là que tu voulais aller passer une semaine cet été, Shirl ?

Shirley lui sourit. Comment continuer de faire la tête quand votre petit ami vous propose une semaine au Mexique, à se faire papouiller et dorer la pilule ? Elle prend la main de Keith et boit une gorgée de chardonnay. Mais sa mère ! Shirley a beau se raisonner, en se disant que c'est sa vie et que si elle est heureuse, après tout, cela ne regarde qu'elle, elle refuse de l'imaginer avec ce type. C'est juste impensable.

— Écoute, maman. Tu fais ce que tu veux, mais, le nain, là… je ne veux jamais – jamais – le rencontrer. Je trouve ça… je trouve ça révulsant, voilà !

Même si la réaction de Keith l'a un peu rassérénée, Fiona n'en est pas moins blessée par l'attitude de sa fille. Comment peut-on être aussi psychorigide ? Si elle est comme ça à son âge, qu'est-ce que ce sera plus tard ! Elle reprend une brochette en se disant qu'elle a bien entendu le désir de Shirley et que jamais elle ne lui fera rencontrer Janus. Et ils se mettent à parler du temps. Un peu frais, pour ce début d'été…

*

* *

Janus : Mon cœur, je suis désolé. Je dois annuler notre dîner de ce soir, je suis charrette sur un projet de TD… je suis vraiment désolé. T'appelle.

Il est 19 heures et Fiona est vraiment contrariée. Ils devaient se retrouver ce soir pour dîner au Tribeca Grill (c'est elle qui avait décidé de l'y inviter, lorsqu'elle s'était aperçue que Janus n'y était jamais allé)… et le voilà qui annule au dernier moment. Lui qui est habituellement si bien élevé, il doit vraiment être débordé pour se résoudre à changer tous les plans à la dernière minute, se dit-elle pour se consoler. Et elle sait ce que c'est, elle, que d'être charrette. On croit qu'on va y arriver, on cravache à mort, jusqu'au moment où on doit se résoudre à tout abandonner pour ne se consacrer qu'à ce fichu projet dont on ne voit pas le bout. Combien de fois s'est-elle, elle-même, trouvée dans ce genre de situation, obligée de laisser in extremis sur le carreau des amis, un amant, et même sa fille, pour finir quelque chose ? Les artistes ne travaillent efficacement que dans l'urgence, c'est bien connu. Il leur faut « la pression », comme on dit… Elle devrait – elle doit – comprendre la défection de Janus, mais elle ne le peut pas. Elle ne le souhaite pas. À quarante ans, on n'accepte plus de se faire planter.

— Tu plaisantes, ou quoi ?

Fiona a pris son téléphone pour dire à Janus sa manière de penser.

— Fiooona, mon petit doughnut chéri, écoute-moi. Je suis vraiment désolé… Je ne peux pas faire autrement. On doit rendre ce truc lundi matin à la première heure avec mon binôme et il n'est pas libre demain alors on doit s'y mettre là, maintenant, on n'a pas vraiment le choix… En plus, on doit travailler chez lui, parce que chez moi, ça devient de plus en plus difficile de bosser. Mon coloc' a une petite amie et… je te passe les détails, mais ils font tellement de bruit qu'il n'y a plus moyen de se concentrer. Ni de dormir, d'ailleurs. Tu dois comprendre, Fiooona, tu sais ce que c'est qu'une charrette, s'il y a quelqu'un qui peut savoir de quoi je parle, c'est bien toi ! Allez… Je suis certain que toi aussi, ça a dû t'arriver d'annuler un dîner, même avec l'amour de ta vie ! Mais ce n'est pas grave… juste un dîner. Et on se voit demain soir, OK ?

Décidée pourtant à ne pas se laisser faire, Fiona se sent fondre. Elle ne résiste pas à la voix de Janus et oui, elle sait ce que c'est, bien sûr, elle comprend… Et il a dit amour de sa vie ! Elle encourage son amant, lui dit de ne pas se coucher trop tard quand même, elle pensera à lui, et ils conviennent de se retrouver chez elle le lendemain, de bonne heure. Elle demandera à Asunción de préparer des tapas. Fiona raccroche avec l'impression de s'être fait retourner comme une crêpe. Furieuse contre elle-même, elle recompose le numéro de Janus pour lui dire que le lendemain, ça ne l'arrange pas (ce qui n'est absolument pas vrai, elle meurt d'envie de le voir et n'a rien prévu d'autre… simplement, elle veut lui montrer de quel bois elle se chauffe, non mais !), mais il ne répond plus et elle se trouve comme une idiote, se demandant ce qu'elle va bien pouvoir laisser comme message… pour finalement n'en laisser aucun. À quoi bon s'énerver ? Ils se verront demain soir, elle lui proposera même de rester dormir, puisque là où il est apparemment, il n'y a plus moyen de le faire. Et tout sera oublié. Dans la cuisine, Fiona se prépare un sandwich avec un reste de poulet froid, de la salade et du pain complet, prend une bouteille de vin blanc dans le réfrigérateur, le tire-bouchon et un verre, et monte au studio. Elle en profitera pour travailler.

Il fait encore jour sur Central Park et Fiona observe les derniers joggeurs terminer leur tour dans les allées, avant d'ouvrir sur le plan de travail le dossier de David. La maison est pratiquement terminée, tout s'est passé sans heurts, les équipes se sont succédé les unes après les autres avec une précision de métronome et Fiona, qui n'y croyait pas trop quand elle a dit à David que, s'ils avaient de la chance, il pourrait y camper au mois d'août, est sur le point d'avoir réalisé un exploit : construire en six mois sa propre version de la « Lifespan Expanding Villa ». Contente d'elle, elle oublie le désagrément de la défection de Janus et allume son ordinateur. Elle a demandé à Hubert le Gall, un designer français dont la cote monte à une vitesse fulgurante de l'autre côté de l'Atlantique, de réaliser pour la chambre de la villa un lit en laque, une commode en forme de taureau et un paravent, et attend un e-mail (qui désormais ne saurait tarder) lui annonçant que l'ensemble est prêt à être expédié. Fiona parcourt sa boîte, déçue de ne pas le trouver, quand un signal annonce un nouveau message. Le voilà ! « Chère Fiona, nous vous informons que les meubles que vous avez commandés sont prêts. Nous attendons votre feu vert pour procéder à l'expédition. Bien à vous, HG. » Surexcitée, elle ne résiste pas à la tentation d'appeler David pour lui en faire part. Non seulement il pourra emménager dans sa maison, mais il pourra vraisemblablement y dormir dans son nouveau lit. Et quel lit !

— Allô, David ?

La ligne n'est pas très claire, il y a du bruit derrière. David doit être dans un cocktail, ou un aéroport. Ce qui ne l'empêche pas d'attaquer, bille en tête :

— Fiona ! Plus friponne que jamais, à ce qu'il paraît…

Le bruit de fond s'estompe, David a dû changer d'endroit et se mettre dans un coin plus tranquille.

— Comment ça se passe avec ton toy-boy ?

Ah non, lui aussi ! Mais ce n'est pas vrai ! Qu'est-ce qu'ils ont tous à être au courant de ma vie privée, se dit Fiona, passablement exaspérée. Du coup, la bonne nouvelle qu'elle s'apprêtait à annoncer à son ami perd toute sa saveur.

— Mais comment tu sais ?

— D'abord, tu m'en as parlé...

— Mais ce n'était pas encore *fait*, quand je t'en ai parlé !

— Oui, enfin, ma chérie, je te connais ! Quand tu as une idée derrière la tête, tu ne l'as pas ailleurs !

Fiona ne sait quoi répondre. David la connaît bien et il a raison, évidemment : quand elle commence à parler de quelque chose, c'est qu'elle l'a déjà décidé. Et, en effet, lorsqu'elle a parlé à David de Janus et de ses beignets, elle savait déjà qu'elle allait le rappeler... et plus, si affinités.

— Et ensuite..., poursuit David, parce que figure-toi que ta fille m'a appelé. Pas plus tard qu'hier. En disant un truc rigolo, du genre « vous feriez bien de vous occuper de ma mère, parce que en ce moment, elle est tellement désespérée qu'elle se tape un gigolo. » C'est ce qu'elle a dit. Texto. Elle était tellement bouleversée qu'elle m'a vouvoyé, dis-donc !

Shirley a appelé David ! Mais de quoi se mêle-t-elle ? Pour foutre la merde, sa fille a toujours été championne, mais là, elle se surpasse.

— Et toi, tu trouves ça drôle ?

— Ah non, pas du tout. Mis à part le fait que ça me fait de la peine pour des raisons que tu refuses de voir et que je ne prendrai pas le temps de développer – j'ai bien compris que cela ne servait à rien –, moi je trouve ça pitoyable. Je t'avais dit de ne pas le faire, mais enfin c'est ta vie, tu fais ce que tu veux et je ne te juge pas. Mais ne t'étonne pas que ça affecte ta fille, je veux dire... assume-le. Ton petit ami est plus jeune que le sien, c'est normal que ton image de mère s'en trouve un peu ternie.

— Merde, David, tu ne pourrais pas me parler comme un ami, pour une fois ? Si tu crois que c'est facile, de se faire rejeter par tout le monde..., réplique Fiona, au bord des larmes.

— Je te parle comme un ami. Je te parle exactement comme on doit s'attendre à ce qu'un ami – un vrai, j'entends – vous parle, c'est-à-dire *franchement.*

Soudain, Fiona réalise qu'elle n'a pas à être en colère contre David, au contraire. Pour une fois, il lui parle, il lui dit ce qu'il a à lui dire. Même si cela ne lui fait pas plaisir. Il le sait, d'ailleurs, qu'elle ne va pas aimer entendre ces mots-là, mais il les lui dit quand même parce qu'il pense que c'est pour son bien. Et elle le sent bien, il prend sur lui pour ne pas juger sa relation avec Janus : il insiste simplement sur le fait qu'il est normal que sa fille le prenne mal. C'est adroit de sa part, et délicat. David est vraiment un ami, comment peut-elle en avoir douté ? Alors toute la contrariété de la soirée remonte et tout d'un coup, elle réalise qu'elle a envie de se confier.

— Il a annulé un dîner, ce soir... on devait se voir et il a dit qu'il avait du travail, un truc à rendre pour ses cours, tu vois... Et au dernier moment, il a annulé.

Sentant que son amie n'est pas dans son assiette, David résiste à l'éclat de rire qui monte dans sa gorge quand elle mentionne le fait que le garçon va toujours en *cours*. Forcément, à vingt ans, il est toujours étudiant. Un autre monde !

— David... tu es toujours là ?

— Oui, oui... Écoute... Je suis à un vernissage, là, mais je ne vais pas y faire long feu. C'est moche, ces trucs que les gens achètent des fortunes en se disant que c'est de l'art, maintenant. On se plaint partout que c'est la crise et il y a encore des types capables de vendre des tableaux monochromes blancs à 150 000 dollars. Enfin, à ce prix-là, ça m'étonnerait qu'il en vende beaucoup ! Attends...

Un bruit de conversation, et David revient au bout du fil.

— Ah si, quand même ! Le type de la galerie me dit qu'il y en a déjà quatre qui sont réservés et en effet, je vois quelques points rouges. « Les plus beaux ! » il a dit… Moi, je ne fais pas trop la différence, il y en a un, là, qui est blanc… tout blanc… l'autre… ben il est blanc… le troisième est blanc, le quatrième… il est où le quatrième, attends, ne quitte pas, je me renseigne…

Fiona entend un brouhaha.

— Bingo ! Le voilà ! Et tu sais quoi ?

— Je parie qu'il est blanc ! devine Fiona avec une justesse qui la surprend elle-même.

— Voilà ! Tu es trop forte, ma friponne. Pour la peine, je passe te prendre et je t'emmène dîner. Et tant pis pour ton jeune grincheux… Comme ça on pourra faire des comparaisons de blancs. Mais on les boira, cette fois, plutôt que de les regarder. Ça te va ?

— Parfait ! s'exclame Fiona, se disant que si elle reste seule au studio ce soir, elle va vraiment finir par broyer du noir. Laisse-moi juste le temps de me changer…

— Je suis en bas de chez toi dans une demi-heure, OK ? À tout de suite !

Il raccroche sans lui laisser le temps de répondre. Et surtout, de lui annoncer que les meubles sont prêts. Tant pis. Elle le lui dira pendant le dîner. Il a attendu six mois… il n'est plus à une demi-heure près.

*

* *

Malgré la très bonne soirée qu'elle a passée avec David, qui a été aux anges lorsqu'elle lui a annoncé que, comme convenu, d'ici une quinzaine de jours il pourrait probablement emménager dans sa nouvelle maison, Fiona n'a pas voulu se laisser convaincre de ne pas appeler Shirley pour lui faire des remontrances. « Mais laisse-la, a pourtant plaidé David, elle m'a appelé parce qu'elle s'inquiète et qu'elle sait que je suis ton ami. C'est tout ! » « Ce n'est pas grave », a-t-il ajouté, tentant en vain de l'apaiser. Rien n'y a fait, même la nuit ne lui a pas porté conseil, même le charmant SMS de Janus trouvé ce matin à son réveil. (*Janus : Viens de finir… 4 heures, il était temps… M'endors en pensant à toi… et à notre dîner ce soir… suis impatient d'être dans tes bras… bonne nuit, ma petite fleur adorée.*) Fiona est bien décidée à dire à sa fille de se mêler de ses affaires. C'est même la première chose qu'elle fera ce matin. Le temps de prendre un bol de lait de soja au chocolat, de faire sa toilette et de s'habiller (Fiona a toujours eu besoin d'être habillée et maquillée pour faire des remontrances, même au téléphone. Sinon, elle se sent en état d'infériorité et ne trouve pas les bons arguments), et Shirley va savoir ce que sa mère pense de ses petites manigances !

— Allô, Shirley ?

— Maman !

Tâtonnant pour trouver sa montre sur la table de chevet, du côté de Keith toujours plongé dans un profond sommeil, Shirley parvient enfin à mettre la main dessus. Et ce qu'elle y lit l'horrifie. Dimanche matin, 6 heures. Cela sonne une cloche lointaine dans son esprit embrumé, un autre dimanche matin où elle croyait qu'il était 6 heures et qu'en fait il était midi, et où sa mère a débarqué dans son studio. Heureusement, se dit Shirley encore complètement endormie, que j'ai mis un pont entre nous. Au moins j'ai toujours la possibilité de lui raccrocher au nez.

— Tu as vu l'heure, maman ?

Non, bien sûr que non, Fiona n'a pas vu l'heure. Lorsqu'elle a quelque chose à faire, elle ne voit jamais l'heure. Ni dans un sens, ni dans l'autre. Et puis (Fiona jette un regard vers le ciel, à travers les grandes baies vitrées de l'appartement), il fait jour ! Forcément, fin juillet…

— Non je n'ai pas vu l'heure. Pour tout te dire, je n'ai même pas regardé.

— Alors regarde, merde ! Il est 6 heures du matin, maman. Et cette fois-ci, c'est pour de vrai ! Keith dort et... moi aussi je dors. Alors je te rappelle quand on sera réveillés. À tout à l'heure, maman !

Et elle raccroche, en prenant bien soin, avec sa mère, on ne sait jamais, de débrancher le téléphone. Dans un demi-sommeil, Keith grogne et remue, lui tournant le dos. Elle se blottit tout contre son dos et ne tarde pas à se rendormir. Un sommeil de courte durée, puisque quelque temps après, une heure, guère plus, la sonnerie du téléphone se remet à carillonner – sauf que ça ne peut pas être le téléphone puisque Shirley se souvient parfaitement de l'avoir débranché. Comme une fusée, elle saute hors du lit où Keith commence à ouvrir un œil et à s'enfouir sous la couette avec l'oreiller sur la tête – il est comme ça, Keith, quand il dort il trouve toujours le moyen de se couper du monde extérieur, jusqu'à un certain point. Encore faut-il que le monde extérieur ne se fasse pas trop insistant, pour se frayer un chemin jusqu'à lui. Parce que Keith au réveil lorsqu'il a été interrompu au milieu d'un cycle de sommeil, c'est pire qu'un lion auquel on aurait volé sa proie. Pour en avoir fait l'expérience une fois, Shirley ne veut pas voir ça.

Elle enfile un pull de Keith par-dessus sa nuisette en soie rose bonbon achetée une fortune chez Victoria's Secret et se rue sur la porte d'entrée avant que l'inimaginable ne se produise : à savoir un Keith tiré du lit après à peine quatre heures de sommeil (ils sont sortis hier soir et sont rentrés, passablement éméchés, au petit matin), qui découvrirait devant sa porte d'entrée sa belle-mère – enfin, la mère de sa petite amie. Un coup à ce que justement, elle ne le devienne jamais, sa belle-mère !

— Mais enfin maman ? Tu es folle ou quoi ? demande Shirley en voyant, comme elle l'avait subodoré, sa mère campée sur le pas de la porte.

— Non, je ne suis pas folle ! dit Fiona, un peu trop fort au goût de sa fille qui craint toujours de voir surgir de son sommeil un Keith très énervé.

— Mais tu as vu l'heure ? demande Shirley en chuchotant, roulant les yeux vers l'intérieur de la maison pour faire comprendre à sa mère qu'il y a là quelqu'un qu'il vaut mieux ne pas réveiller. Il est 7 heures du matin et nous sommes dimanche et Keith et moi on bosse toute la semaine et hier soir on est sortis et on s'est couchés à 3 heures…

— Je m'en fous de l'heure ! gronde Fiona en poussant sa fille à l'intérieur de la maison.

Dans la chambre au-dessus, on entend des bruits de pas. Et voilà, se dit Shirley, elle a gagné, on va avoir le clash du siècle et elle ne s'en doute même pas, cette conne ! Après, il va falloir colmater les dommages collatéraux. Ben ça va être chacun pour sa pomme, hein ! Moi, je vais me raccommoder avec Keith et elle… eh bien elle n'aura qu'à se démerder !

— Qu'est-ce qui t'a pris d'aller t'épancher auprès de David et de raconter ma vie privée ?

Shirley n'a pas le temps de répondre que Keith se matérialise derrière elle, tout nu, arborant fièrement, sans même s'en rendre compte, une érection matinale dont Shirley aurait bien aimé garder pour elle le secret (en tout cas, sa mère est la dernière personne avec laquelle elle aurait voulu le partager)… et d'une humeur de bouledogue.

— Écoutez, Fiona…, dit-il de sa voix qui n'est pas encore celle de la journée. Que vous vous tapiez des minets, c'est votre problème, j'ai dit ce que je pensais de la question, je vous ai même soutenue et je ne vais pas revenir dessus… mais choisissez-les mieux. Parce qu'il est complètement anormal, pour le coup, que vous soyez dans cet état de frustration, habillée et maquillée comme si vous étiez prête à aller au bureau, à 7 heures du matin un dimanche ! L'avantage des jeunes amants, c'est que le dimanche matin, normalement…

D'un geste provoquant, il pousse ses hanches en avant pour ne rien cacher de sa virilité et, tout plein de sa grandeur de mâle prêt à toutes les conquêtes, tourne le dos pour regagner sa chambre. Non sans avoir, au passage, pris la main de Shirley pour l'emmener avec lui. Estomaquée par la violence de la scène, au bord des larmes (c'était cruel, de la part de Keith, de souligner qu'à l'heure qu'il est, elle devrait être au lit avec Janus… et d'une certaine manière il n'a pas tort, c'est ça le plus dur !), Fiona reste quelques minutes, les bras ballants, sur le pas de la porte. Avant de se résoudre à tourner les talons et à reprendre le pont dans l'autre sens. Décidément, ces jeunes n'ont plus aucun respect !

*
* *

Nue et alanguie (à moins que ce ne soit le contraire) au fond du canapé, Fiona regarde Janus déambuler dans le salon, dans le plus simple appareil. Les rayons du soleil couchant jouent sur sa peau blanche, mettant le feu à ses cheveux et à la toison soyeuse où se niche un animal qui n'a rien à envier à celui de Keith (puisque celui-ci a eu l'obligeance de le lui montrer ce matin !). Ils ont fait l'amour devant la vue, la ville à leurs pieds, et maintenant Janus, qui a pris ses marques dans l'appartement, se dirige vers la cuisine pour rapporter, en même temps que la bouteille de champagne que Fiona laisse toujours au frais, le plateau de tapas préparé par Asunción.

— Tu sais, Janus, j'ai pensé à quelque chose…, commence Fiona en laissant courir ses doigts sur le torse de son amant.

— Hum ?

Janus s'étire dans un grognement. Son corps très fin a quelque chose qui, chaque fois qu'elle l'observe, remplit Fiona d'émerveillement. Et d'émotion.

— Je me disais… puisque tu as du mal à travailler, chez toi… avec l'autre, là, ton colocataire, comme tu dis, qui fait du bruit…

Elle le regarde avec une lueur d'espoir.

— Pourquoi ne viendrais-tu pas habiter ici ? L'appartement est grand, il y a de la place… tu pourrais avoir ton endroit…

Janus ne répond pas immédiatement et sert deux coupes de champagne. Il en observe la couleur, un rose pâle qui brille de mille feux dans le soleil, avant de le goûter avec gourmandise. Pas mal, ce petit arôme de framboise. Pas mal du tout.

— Qu'est-ce que tu en penses, Janus ?

Il vient se lover contre Fiona et joue avec une de ses boucles avant de se lancer.

— Tu sais, Fiooona… Je te remercie, vraiment, je suis très touché…

— Mais ? interroge-t-elle, sentant chez lui une réticence et se demandant si sa proposition n'est pas un peu prématurée.

Pourquoi faut-il toujours qu'elle aille trop vite?

— Mais…, continue Janus en souriant. Je n'ai jamais vécu avec une femme… je n'ai que vingt ans, tu sais, je n'ai pas fini mes études, je n'ai pas encore de job et comment dire…

Il se tourne vers elle et la regarde droit dans les yeux, avec un sourire désarmant.

— Je crois que je ne suis pas prêt. Voilà.

Janus prend la main de Fiona et la porte doucement à ses lèvres.

— Tu comprends ? Tu n'es pas fâchée ? Je préfère être franc avec toi, plutôt que de te laisser imaginer des trucs qui nous mettraient tous les deux dans une situation compliquée…

Fiona comprend, elle a compris pratiquement au moment où elle formulait sa question. Et une fois encore, elle apprécie la franchise de Janus et sa faculté de dire les choses, même si parfois elles ne sont pas évidentes à entendre, plutôt que de les laisser pourrir. Un homme qui parle… mon Dieu ! Qu'est-ce que c'est reposant !

— Et… Et si tu prenais le studio de Shirl… euh… de ma fille ? Il est juste au-dessus, au trente-sixième… elle est partie habiter chez son copain et elle ne s'en sert plus…

Fiona se garde bien de lui dire qu'elle en a fait son bureau. Elle ne veut pas le gêner. Attentif et discret comme il est, il serait capable de refuser sa proposition, simplement pour ne pas la priver de son espace de travail. Elle serait heureuse, pourtant, de réinstaller le grand comptoir dans sa chambre, comme avant, juste pour le plaisir d'avoir Janus tout près d'elle. Elle commence à caresser l'idée et entend à peine ce qu'il lui répond.

— Non… Merci, Fiona, c'est très gentil… mais tu sais, d'abord, je ne veux pas te déranger et puis… c'est loin de l'université, ce n'est pas très pratique, avec mes horaires…

Fiona passe la main dans les cheveux bruns du garçon et se lève pour attraper le plateau de tapas. Elle croque dans une bouchée aux champignons et lui en donne la moitié. Elle a ce truc, Fiona, avec les hommes : elle adore les nourrir. Elle leur donne la becquée, comme à des petits oiseaux, et manifestement, ils apprécient aussi.

— Mais alors, qu'est-ce que je peux faire pour t'aider ? Tu ne peux pas rester là où tu es, Janus, ce n'est pas bon pour toi… pour tes études, je veux dire. Si tu ne peux pas travailler. Il te faut un endroit à toi, où tu puisses dormir et te concentrer. C'est important, tu sais. Je suis passée par là, je sais de quoi je parle.

Le regard de Janus s'anime et il lâche, l'air de ne pas y toucher :

— Tu as raison. Je sais bien que tu as raison, mais pour l'instant, je n'ai pas les moyens de me payer quelque chose de mieux. Quand Christopher, mon coloc', là, a eu sa petite amie, je me suis dit, mon vieux, tu ne vas pas rester là à tenir la chandelle, sans parler de tout le ramdam qu'ils font tout le temps… j'ai commencé à chercher, c'était il y a quelques semaines à peine et… bon, j'avais repéré quelque chose, mais tu penses ! C'est deux mille dollars par mois... pas pour moi ! conclut-il en secouant la tête comme s'il voulait se débarrasser de l'idée.

— Tu veux que je te le prenne ? s'empresse Fiona, contente de pouvoir faire pour lui quelque chose qui compte vraiment. Ça ne me dérange pas, tu sais, au contraire... ça me ferait très plaisir de pouvoir faire ça pour toi ! On mettrait le bail à ton nom, et moi, je prendrais le loyer à ma charge et je me porterais caution...

— Oh non ! Tu ne peux pas faire une chose pareille, dit Janus en l'entourant de ses bras et en l'embrassant derrière l'oreille. C'est terriblement gênant !

Fiona le regarde en souriant.

— Bien sûr que je le peux ! Il est toujours libre, tu crois, cet appartement ? Celui qui te plaisait, je veux dire...

— Il est... écoute, je ne sais pas. Si tu veux vraiment, je passe un coup de fil maintenant, c'est un de mes copains qui s'en occupe.

Il prend la main de Fiona et l'embrasse de nouveau. Par-dessus son baiser, ses yeux brillent d'excitation.

— C'est vrai, tu es sûre ? Tu le veux vraiment ? C'est un très beau cadeau, tu sais... jamais on ne m'a offert un aussi beau cadeau...

Fiona est toute retournée quand elle voit, sur la paupière de Janus, perler une larme d'émotion.

— Oui, je le veux vraiment. Cela me fait très plaisir de te faire ce cadeau...

— Mais...

Une ombre passe sur le visage de Janus, comme s'il pensait soudain à quelque chose qui rendrait le projet impossible.

— Je serai chez moi, hein, Fiona ? Je veux dire... pardon d'être aussi direct, mais... ce ne sera pas *ta* garçonnière où *moi* j'habiterai, ce sera vraiment ma maison. Ma maison à moi. Même toi, tu ne débarqueras pas à l'improviste, sous prétexte que c'est toi qui paies le loyer ?

Touchée par ses peurs d'enfant, Fiona le rassure.

— Mais non, oh ! Ne t'inquiète pas… Ce sera ta maison. Et tiens, si ça peut te rassurer… tu ne seras même pas obligé de me donner la clé. D'ailleurs, la clé… même si tu voulais me la donner, je ne la prendrais pas.

Elle lui caresse le visage.

— Ce sera chez toi, Janus. Rien que chez toi…

C'est comme ça qu'ils se retrouvent, Fiona et Janus, le dimanche soir à 20 heures en train de visiter un atelier au troisième et dernier étage d'une petite maison ancienne sur la Première Rue. L'appartement n'est pas très grand, mais il a une belle chambre, une vraie cuisine, une jolie salle de bains, et le salon, qui ouvre sur une minuscule terrasse plantée de jasmins qui embaument jusque dans la pièce (il doit s'agir de cette variété de jasmin qui s'ouvre la nuit), est suffisamment spacieux pour que l'on puisse y vivre et y travailler. Comme l'ami de Janus a eu la présence d'esprit d'apporter tous les papiers, la transaction se fait immédiatement et ne prend pas plus de dix minutes, au bout desquelles on leur remet les clés.

— Ben voilà ! dit l'ami en remontant dans sa voiture. Tu as un nouveau chez toi, vieux ! Tu peux emménager dès demain !

Et il tapote Janus affectueusement sur l'épaule, avant de serrer respectueusement la main de Fiona.

— Madame…

Un quart de seconde, elle se demande s'il ne l'a pas prise pour la mère de Janus. Mais le baiser sans équivoque que celui-ci lui donne pour la remercier devrait suffire à dissiper les doutes, si toutefois il y en avait. À leur tour, ils reprennent la voiture de Janus, encore le petit coupé BMW que Fiona aime bien, et rentrent chez Fiona fêter l'affaire comme il se doit.

Lorsqu'elle lui propose de rester dormir, il dit qu'il doit rentrer chez lui – enfin, ce qui, à partir du lendemain, sera son ancien chez lui – pour régler les détails de son départ avec Christopher. On ne dort presque jamais ensemble, réalise Fiona en le raccompagnant à la porte. C'est vrai, il est resté la première nuit, et puis depuis… jamais, en fait. Elle chasse la pensée d'un geste agacé et se fait couler un bain avant d'aller se coucher.

★
★ ★

Fou de joie depuis qu'il est dans son nouvel appartement, Janus raconte à Fiona que, grâce à elle, il a pu commencer à travailler sur un projet qui lui tient à cœur depuis longtemps : une série de dix photos urbaines. Tirées en noir et blanc et en très grand format, elles sont destinées à être exposées chez un très sélect galeriste de Soho qui est emballé par le projet et attend qu'il soit fini pour signer un contrat à Janus. Et le prendre parmi ses poulains. C'est une chance à ne pas rater !

— Je suis vraiment contente pour toi, dit Fiona en lui caressant le lobe de l'oreille alors qu'ils sont au lit, chez elle, au milieu de l'après-midi. Tu vois que c'était une bonne idée de prendre cet atelier… en trois mois, on dirait que ta créativité a explosé.

— C'est grâce à toi, ma Fiooona. Tout ça, c'est grâce à toi. Je ne te remercierai jamais assez. Qu'est-ce que je ferais, moi, si tu n'étais pas là ?

Fiona sourit. Janus est tellement touchant, il la fait complètement craquer. Serait-elle en train de tomber amoureuse ? Non, pas *serait*… elle ne veut pas se l'avouer (encore que…), mais elle *est* tombée amoureuse. Bel et bien. Flattée au départ par l'attention que lui portait ce tout jeune homme, elle a fini par y succomber, et ce qui au début pouvait n'être considéré que comme une passade, fort agréable certes, mais sans avenir tant elle était improbable, a pris en quelques mois une tournure résolument plus tendre. Et plus pérenne.

— Quand est-ce que tu me les montres ? demande Fiona.

— Quoi ?

— Tes photos ! Je ne suis jamais allée chez toi depuis que tu as emménagé et... c'est vrai que je suis très curieuse et très impatiente de voir ton travail. Tu m'en parles tellement... ça a l'air formidable !

De manière quasi imperceptible, Janus se rembrunit.

— C'est que... J'adorerais te les montrer mais... Je voudrais que tu les voies euh... quand ce sera fini, tu comprends. Voilà. Je préfère te les montrer toutes d'un coup, tirées en grand, prêtes à être exposées. Comme ça... Comme ça tu éprouveras le choc et tu seras fière de moi.

— Mais quand ? Tu en as encore pour longtemps ?

Fiona enlace Janus et l'entraîne sous la couette.

— C'est que je suis très impatiente de découvrir ce que tu as dans le ventre, moi, dit-elle en l'embrassant. Alors... tu me les montres quand ?

Janus se tortille, soudain mal à l'aise. Quelque chose le turlupine, mais quoi ?

— C'est que... ça dépend.

— Ça dépend de quoi ?

— Ben... pour l'instant, je suis un peu coincé. J'ai les photos, mais elles ne sont pas encore développées. Il faut que je trouve les fonds pour acheter le matériel et franchement, là, ce n'est pas le moment.

Il entortille nerveusement la chaîne qu'elle lui a offerte autour de son doigt et joue avec la petite croix en or, avant de poursuivre, comme s'il se parlait à lui-même :

— C'est vraiment bête. D'autant que le galeriste est chaud maintenant, mais il ne va pas m'attendre cent sept ans non plus. Si je ne me dépêche pas de faire ces tirages et de lui montrer le projet, je sais très bien ce qui va se passer : il s'entichera de quelqu'un d'autre et moi j'aurai laissé passer ma chance...

— Il te faut combien ?

Janus plante ses yeux dans ceux de Fiona, offusqué.

— Ah non ! Tu ne vas pas commencer ! Il est hors de question que tu me donnes quoi que ce soit ! Je suis grand, je vais me débrouiller tout seul. Je trouverai tout seul les moyens pour les financer, ces tirages !

— Ne sois pas stupide ! Et tu vas faire comment ?

— C'est pas ton problème ! rétorque Janus, un poil cassant.

Comme il voit que Fiona accuse le coup et ravale ses larmes, il s'adoucit et la serre contre lui.

— Pardonne-moi, mon cœur… mais tu fais déjà beaucoup pour moi. Le studio, tout ça… Je ne peux pas accepter que tu me paies aussi mon matériel, même si ce serait, je ne te le cache pas, la solution de facilité. Il y en a quand même pour 15 000 dollars, je sais que ça ne va pas être évident à trouver. Peut-être que le galeriste pourrait me les avancer…

— Mais moi, je peux te les avancer. Si tu ne veux pas que je te les donne, je te les prête et tu me les rendras quand tu pourras. Ce serait vraiment idiot de rater ta chance juste parce que, pour le moment, tu n'as pas l'argent pour payer ces tirages ! Il faut savoir accepter de se faire aider !

— Non, Fiooona… ça me gêne.

Et comme elle s'apprête à protester, et à insister encore et encore, il la fait taire d'un baiser.

En rentrant chez lui, en fin d'après-midi, et en vidant les poches de sa veste pour en changer, Janus découvre un chèque de 15 000 dollars à son ordre, avec un petit mot de Fiona sur un Post-it rose : « Ne sois pas idiot ! À demain, mon amour ! »

Janus : Mon cœur en sucre… il ne fallait pas !

Fiona : Je ne vois pas du tout de quoi tu veux parler… Idiot, va !

*
* *

Depuis ce matin de juillet où Keith lui a, volontairement ou non, exhibé ses attributs, Fiona n'a plus aucune nouvelle de Shirley. Elle sait par David, avec qui sa fille est restée en contact, qu'elle va bien, et qu'ils sont partis deux mois au Mexique à la fin de l'été. « Ils ont même passé une semaine dans le spa ou soi-disant tu étais allée, lui a dit David en riant. Mais ils y sont allés pour de vrai, eux ! Et tu sais ce qu'elle m'a dit, ta fille ? Elle m'a dit mais comment se fait-il que maman n'ait pas mentionné qu'il y avait des doughnuts à la cannelle avec de la crème dedans au petit déjeuner, elle qui les adore ? Ou alors elle était tellement au régime qu'elle a refusé de les voir ? »

Fiona sait aussi que sa fille et Keith sont rentrés depuis maintenant plusieurs semaines… et rien. Shirley ne répond ni à ses e-mails, ni à ses coups de téléphone, à croire qu'elle est encore furieuse contre elle. Et depuis la scène de la dernière fois, Fiona n'est pas près de reprendre le risque de débarquer à l'improviste. Une expérience lui a suffi. (Ce qui est bien, avec Fiona, c'est que c'est une femme intelligente et qu'elle apprend vite !)

Quelle n'est pas sa surprise lorsque, en allumant son ordinateur, elle découvre parmi ses e-mails un envoi de Shirley assorti d'une pièce jointe. Si c'est son faire-part de mariage, elle meurt. Mais non, il ne s'agit que d'une photo de la Cinquième Avenue, prise à un feu rouge devant Sacks. Elle regarde sans comprendre, se demandant pourquoi diable sa fille lui envoie une photo d'une boutique de luxe. Est-ce un message subliminal pour lui faire entendre, sans pour autant perdre la face, qu'elle regrette leurs sorties shopping et qu'elle aimerait bien qu'elles se rabibochent (après tout, c'est sa mère)… mais que depuis le temps, elle ne sait plus très bien comment faire ? C'est ça qui est idiot lorsqu'on se fâche pour des bêtises : on ne se voit plus, on ne se parle plus et il arrive un moment où on ne sait même plus pourquoi on ne se voit ni ne se parle. Et on ne sait plus comment faire pour s'en sortir, puisqu'on ne sait plus comment on en est arrivé là. S'excuser ? Mais s'excuser de quoi, et s'excuser *pourquoi* ? Et qui doit s'excuser, d'ailleurs ?

Bon, pense Fiona en se promettant d'étudier la question, tout ça ne dit pas pourquoi, après trois mois d'un silence incompréhensible, sa fille lui envoie cet e-mail, avec cette photo. Un coup d'œil au texte, qu'elle n'avait pas lu, l'éclaire à peine, si ce n'est sur le fait qu'elle ne porte toujours pas Janus (ou plutôt le concept de Janus, puisque, si elle l'a aperçu au restaurant, elle ne le connaît pas pour autant) dans son cœur. « Ma petite maman, je ne veux pas te faire de peine mais il faut que tu saches... Si tu veux savoir ce qu'il fait de ses journées et de ses soirées quand il ne les passe pas avec toi, ton nain, regarde cette photo ! Biz, Shirl. » Elle a quand même dit « biz », et aussi « ma petite maman », remarque Fiona avant d'ouvrir à nouveau la pièce jointe, qu'elle scrute cette fois-ci avec attention. La rue, donc. Le feu, rouge. Le grand magasin... Ah ! Une Bentley bordeaux qui ressemble étrangement à celle qu'il avait le premier jour et là... en tout petit, dans le coin, mais de face et parfaitement reconnaissable, Janus, oui, c'est effectivement lui, pas de doute là-dessus... qui tient la portière à une *femme*.

Merde, se dit Fiona, j'aurais dû m'en douter. Tout ça était trop beau pour être vrai.

*
* *

La seule personne avec qui Fiona puisse en parler, c'est David. Il connaît un peu l'histoire (et peut-être même plus qu'elle ne le croit, depuis qu'ils ont fait ami-ami avec Shirley... cela dit, la version de sa fille n'est pas forcément à son avantage) et il ne la jugera pas. Lui. Fiona tremble en composant le numéro de son ami et elle ne sait pas si c'est de rage, de chagrin… ou des deux.

— Allô, David ?

— Fiona ! Tu as une toute petite voix, on dirait… ça ne va pas ?

Comment fait-il pour discerner l'altération dans sa voix ? Elle n'a dit que deux mots.

— C'est Janus…

— Quoi, Janus… Encore ? Il commence à me courir, ce petit con ! s'énerve David, lui qui n'a que très rarement recours à la vulgarité.

— Il…

Incapable de se contrôler plus longtemps, elle fond en larmes.

— Il… Il est avec une autre femme !

Silence au bout de la ligne. Puis, pragmatique, comme toujours, David lui demande comment elle l'a découvert.

— C'est Shirley ! Elle m'a envoyé une photo et on le voit, c'est lui ! Il tient la porte à une bonne femme, une vieille, en plus, et moche ! Je suis sûre qu'elle est grosse, vu les boudins qui lui servent de jambes ! Tu te rends compte, David, de l'image que ça me renvoie de moi-même ? Non seulement ce type me trompe, déjà, ce n'est pas marrant à avaler, mais en plus… il a un goût de chiotte ! Alors, de là à me dire que moi non plus, finalement, malgré tous mes efforts et le talent de Richard Malloy, je ne suis pas terrible terrible… il n'y a qu'un pas ! Et il ne m'aime pas ! Pour me tromper comme ça, au vu et au su de tout le monde (parce que tu imagines, si ma propre fille a réussi à le choper avec son portable – ah ! oui, parce que je ne t'ai pas dit, la photo a été prise avec l'iPhone de Shirl… excellente qualité, je dois dire), tu penses bien que ça va commencer à gloser ! Non seulement je suis cocue… mais en plus, je suis ridicule !

— Oui... ça va souvent avec, remarque. Tant qu'on ne sait pas qu'on est trompé, ça ne compte pas vraiment, si ? Je veux dire... c'est quand la chose commence à se voir, et surtout à être offerte en pâture au jugement des autres, qu'elle prend son ampleur et sa gravité.

Pas vu, pas pris... ça, c'est bien de la théorie de mecs, tiens ! Cette manière qu'ils ont tous de s'arranger avec la vérité...

— Enfin, poursuit David avec finesse... on ne peut pas dire que jusqu'à présent, le regard des autres t'ait beaucoup gênée ! Dans cette histoire, tu n'en as fait qu'à ta tête. Et ce n'est pas moi qui vais te blâmer, je te le répète, Fiona, je ne suis pas là pour te juger.

— Je sais..., sanglote Fiona. Heureusement que tu es là tout court, David.

Ses larmes redoublent.

— Qu'est-ce que je vais faire ?

— Demande-lui une explication. Il y a peut-être une raison, je ne sais pas... c'est peut-être sa mère !

— Ça m'étonnerait !

— Ou alors... Il était devant Sacks, tu dis ?

Fiona entend un bruit de papier froissé, comme si David tournait les pages d'un cahier. Puis un grand éclat de rire, tonitruant, presque insolent compte tenu du contexte, envahit le combiné.

— Et ça te fait rire ? Tout ce que tu trouves à faire pour consoler ta vieille copine, c'est de lui rire au nez ! Je me demande quel ami tu fais, finalement...

Lorsque David a repris son souffle, il parvient à articuler :

— Il s'appelle comment, ton Janus ?

— Le Roux...

Le rire repart de plus belle.

— Oui, je sais, ce n'est pas un nom. Janus Le Roux... Mais ce n'est pas drôle, à la fin !

— Si…, hoquette David. Écoute, Fiona, surtout, tu ne l'appelles pas, tu ne dis rien, tu ne fais rien, pas de scène, rien… et tu attends jusqu'à ce soir. Je t'invite à dîner ! Tu ne devais pas le voir, ce soir ?

— Euh… non. Nous devons nous voir demain, mais ce soir… non, ce n'est pas prévu. Il m'a dit qu'il avait un TD… enfin, un cours.

— Très bien. Alors on se retrouve à la galerie W à 19 heures, tu vois où elle est… et ensuite, je t'emmène quelque part. Il ne faut pas se fier aux apparences, Fiona. Souvent, elles sont trompeuses.

Et il raccroche en riant de plus belle. Quel genre d'ami est-il, pour éclater de rire quand Fiona a une peine de cœur ? Et qu'a-t-il voulu dire, avec cette histoire d'apparences ?

Après avoir résisté toute la journée à l'envie 1, d'appeler Janus pour l'insulter (de se taper une autre… et une vieille) et 2, d'appeler Shirley (pour lui avoir montré que Janus se tapait une autre… et une vieille, en plus !), Fiona rejoint comme convenu David à la galerie W. L'espace est bondé, on voit à peine les toiles exposées tant il y a de monde qui s'embrasse, se presse et se congratule, un verre de champagne à la main. Fiona met un moment à repérer David, flanqué d'un couple d'homos lookés comme des artistes mais qui, à tous les coups, sont des critiques d'art (critique d'art : artiste par procuration qui, faute de savoir manier la brosse douce, a fait de la dent dure son principal outil de travail). Jouant des coudes à travers la foule, elle parvient à se glisser près de son ami, qui n'attendait que cela pour faire faux bond à ses interlocuteurs.

— Pardonnez-moi, mes petits choux, mais ma charmante « date » est arrivée…

Et sans leur laisser le temps de réagir, il les plante là et entoure Fiona d'un bras protecteur.

— Viens, on se tire de ce truc… Je commence à ne plus pouvoir supporter ce genre de vernissage…

En sortant de la galerie, David fait signe en direction de la ribambelle de chauffeurs qui poireaute à la sortie en attendant leur boss.

— J'ai pris quelqu'un pour nous conduire, ce soir, parce que ce quartier est tellement ingarable…

La voiture de David s'avance, le chauffeur en sort pour ouvrir la portière arrière à Fiona… et elle se retrouve nez à nez avec Janus ! Janus en blazer bleu marine, pantalon gris et casquette !

Lorsqu'il l'aperçoit, son visage devient livide puis se fige, avant de prendre la couleur de la tomate (verte ou rouge, chacun peut l'interpréter selon son propre imaginaire, dans les deux cas ça marche)… et il fait un bond en arrière, comme s'il venait de voir un monstre ou un serpent. Ou Keith, tiens. S'il avait vu Keith dans le plus simple appareil ce dimanche matin de juillet, il aurait probablement fait le même bond. Fiona le regarde avec la bouche et les yeux en forme de « o ». Très sexe, se dira-t-elle plus tard, quand David, plus hilare que jamais, lui décrira leurs expressions respectives.

— Euh… je ne peux pas faire ça…, bégaie Janus en tendant les clés à David. Je… j'avais oublié, je… je dois y aller.

Et il prend ses jambes à son cou, faisant en direction de Fiona un vague signe de la main et criant à l'intention de qui veut l'entendre :

— J'ai cours !

Fiona le regarde s'enfuir, éberluée. Son cerveau n'imprime pas encore complètement ce que ses yeux viennent de voir.

— Tu as compris, maintenant ? demande David en montant dans la voiture. Qu'est-ce qu'il t'a dit qu'il faisait, dans la vie ?

— Étudiant en photo, je crois…, répond Fiona qui le sait en fait très bien, mais qui est encore sous le choc.

— Ouais… ben il est aussi chauffeur. D'où les bagnoles, d'où les rombières, d'où la photo… J'ai appelé Shirley, c'était ça, le message qu'elle voulait te faire passer. Elle n'imaginait pas que tu allais te faire tout ce cinéma… à quarante-sept ans, on a passé l'âge d'être jalouse, non ?

Manifestement pas. Il n'y a pas d'âge pour être jalouse. Ni jaloux, d'ailleurs. Prenant la mesure de la situation, Fiona commence à se détendre. Janus fait le chauffeur pour se faire de l'argent de poche, et alors ? Au moins n'est-il pas avec une autre femme. Reconnaissante, Fiona prend la main de David et la serre dans la sienne.

— Merci, David…

David lui sourit et repousse une mèche qui lui tombe sur les yeux.

— Merci de m'avoir prouvé que je me trompais… et de ne pas m'avoir laissée me tromper plus encore. Tu te rends compte, ce matin en voyant la photo, j'étais à deux doigts de le plaquer, ou en tout cas de lui faire une scène qui aurait pu mal finir… alors que le pauvre vieux, il fait juste ça pour gagner sa vie.

— Tu vois… ne jamais se fier aux apparences…

David met le contact, déboîte et se glisse adroitement dans le flot de la circulation.

— Allez, maintenant, on va dîner. Je connais une petite friponne qui a besoin de reprendre des forces !

*

* *

Après une semaine de bouderie, à ne pas répondre au téléphone lorsqu'il voyait s'afficher le numéro de Fiona, ne pas rappeler ni envoyer de SMS, Janus a fini par sortir de son trou. Il faut dire que, comprenant, au bout de vingt-quatre heures et après une consultation express auprès de David sur le mode « que ferais-tu si tu étais à la place de Janus », qu'il s'était réfugié dans son coin pour panser son ego blessé et concocter une explication valable, Fiona a décidé de le laisser tranquille et de ne même pas aller voir au studio où il en était. Il finira par réapparaître, pensait-elle à juste titre… ce qu'il a fait (bon, elle a dû l'aider un peu en lui disant qu'elle comprenait qu'il ait besoin de travailler pour payer ses études… même s'il avait dit que c'était son père qui les finançait. Et qu'il n'y avait rien de déshonorant à être chauffeur à l'occasion, dans la mesure où il n'avait pas l'intention d'en faire son métier.)

C'est donc un Janus tout penaud qui vient sonner à sa porte un samedi matin, avec une boîte de doughnuts chauds à la main.

— Fiona, il faut que je te dise la vérité…

Il prend sa main et la porte à ses lèvres, et en moins de temps qu'il n'en faut pour le dire, ils se retrouvent nus sur le canapé. Les beignets – et la vérité – peuvent attendre.

Ce n'est que bien plus tard, alors qu'ils sont tous les deux dans la cuisine en train de préparer du café, que Janus livre à son amante son pas si terrible secret. Non mais c'est vrai, souvent, on se fait tout un monde de choses qui au fond, n'ont pas tant d'importance. Janus fait le chauffeur, et alors ?

— Bon. Fiooona…

Il la regarde au fond des yeux.

— Ce n'est pas facile, ce que j'ai à te dire…

Ho, décontracte-toi, mec !

— Euh…

Il croque une bouchée de beignet avec de la crème dedans pour se donner du courage. C'est bon, le sucré, pour le courage.

— L'histoire de ma famille, de mon père qui paie mes études, des voitures, tout ça… je t'ai menti. C'est bidon. La maison des Hamptons, c'est du flan. Je n'ai pas de famille, Fiona, mes parents sont morts dans un accident de voiture quand j'avais dix ans et j'ai été élevé par ma grand-mère. Au Canada, ça c'est vrai… mais elle était institutrice, ma grand-mère, elle n'avait pas d'argent. Alors quand je lui ai dit que je voulais étudier la photo, au lieu de faire un bon métier qui rapporterait de quoi contribuer à nous faire manger tous les deux, elle m'a mis à la porte. C'est elle qui a parlé de disgrâce. Et qui m'a traité de tout un tas d'autres choses aussi, je te passe les détails.

Fiona l'attire contre lui et veut le prendre dans ses bras, mais il la repousse.

— Laisse-moi continuer... Je dois finir d'un coup, tu comprends, c'est trop dur à dire... sinon, je n'y arriverai jamais. J'ai réussi à avoir une bourse, j'ai vraiment eu de la chance sur ce coup-là, et j'ai pu rentrer à Columbia. Mais j'avais besoin d'argent pour vivre, et pour acheter le matériel, et les bouquins... alors je me suis inscrit dans cette agence de chauffeurs, voilà. Et je n'ai jamais osé te le dire, parce que tu es une femme trop bien pour sortir avec un chauffeur. Tu ne m'aurais même pas regardé...

Les yeux humides, Fiona se blottit contre le torse de Janus. Il l'entoure d'un bras protecteur. Pourtant, c'est lui qui semble le plus fragile.

— Tu ne peux pas savoir comme je te suis reconnaissant pour tout ce que tu fais pour moi, Fiona. Si un jour j'arrive à faire une carrière, si je décolle... ce sera grâce à toi. Mais je n'ai que toi au monde... qu'est-ce qui se passerait s'il t'arrivait quelque chose ?

— Il ne faut pas penser à des choses pareilles, Janus.

— On ne sait jamais...

De grosses larmes se mettent à couler le long des joues du garçon, qu'il n'essaie même pas de cacher.

— Je serais tellement désespéré... Je t'aime tant, Fiooona !

Il a dit qu'il l'aimait. Fiona sent la terre se dérober sous elle. Jamais un homme ne lui a dit qu'il l'aimait ! Elle prend doucement la tête de Janus et la presse contre son cœur.

— Ne t'inquiète pas, murmure-t-elle en lui caressant les cheveux. Je serai toujours là pour toi. Je prendrai soin de toi...

*

* *

Fiona, 10 novembre.

J'ai pris des dispositions concernant Janus. Je n'en ai parlé à personne, pas à David qui ne comprendrait pas, ni à Shirley, bien sûr… Il n'y a que mon lawyer qui soit au courant parce que c'est lui qui s'est occupé des papiers. Et Janus.

Ce que j'ai fait, c'est que j'ai souscrit une assurance vie sur ma tête et que j'ai mis Janus comme bénéficiaire. Comme ça, s'il m'arrivait quelque chose – ce que je n'espère pas, mais c'est toujours quand on ne le prévoit pas que le malheur arrive… alors peut-être que le prévoir permet de l'écarter –, s'il m'arrivait quelque chose, donc, Janus serait à l'abri pour le restant de ses jours.

Et il aurait les moyens de se lancer dans sa grande carrière de photographe.

*

* *

Fiona s'est remise au sport. Fiona qui, de sa vie, n'a jamais couru plus de cent mètres pour attraper un bus ou pour courir derrière un taxi, a finalement, sur les conseils insistants de Janus, pris un abonnement à la salle de sport que fréquente Shirley, et un coach pour la faire travailler. Pas la peine de se donner tant de mal pour se dessiner un nouveau corps, si c'est pour l'abandonner à son triste sort après.

En sortant de son immeuble – en retard – pour aller rejoindre John (c'est le nom du coach : muscles, bouc et compteur de pulsations cardiaques), Fiona, déjà en tenue de sport, se met à courir pour essayer, malgré tout, d'arriver à l'heure. Et alors qu'elle est presque arrivée et qu'il ne lui reste plus qu'une rue à traverser, celle qui l'amène au club, justement, elle s'élance dans le passage clouté dès que le feu passe au rouge… une voiture, ne voyant pas le feu ou l'ignorant, accélère et…

— Maman ! crie une voix derrière Fiona, tandis qu'une main la tire vivement en arrière.

Évitant de justesse le bolide qui, si cette main providentielle ne l'avait pas sauvée, l'aurait renversée et, inévitablement, écrasée, Fiona s'effondre sur le trottoir. Créant immédiatement un attroupement de badauds, toujours friands d'un peu d'action pour pimenter le désert de leur quotidien. C'est triste à dire, mais c'est comme ça.

Sonnée, Fiona regarde autour d'elle et finit par distinguer la silhouette de Shirley.

— Ben dis donc ! Heureusement que j'étais là ! C'était moins une ! dit Shirley en prenant sa mère dans ses bras. Tu as vu ce chauffard ?

Fiona la serre contre elle, et se met à sangloter. Ce qui a pour effet de réduire à néant les défenses de sa fille qui, à son tour, pleure à chaudes larmes.

— Qu… Qu… Qu'est-ce qui s'est passé ? demande Fiona, luttant pour recouvrer ses esprits.

— Ne bougez pas, madame. On va vous emmener à l'hôpital pour vous mettre en observation…

La tête de Fiona tourne, autour d'elle, des silhouettes s'agitent… elle n'a pas besoin d'aller à l'hôpital, puisqu'il n'y a pas eu d'accident !

— Tentative d'assassinat…, entend-elle autour d'elle.

— Il a grillé le feu…

— Il a accéléré exprès…

— Heureusement qu'elle était là, la fille….

Elle sent qu'on la transporte, elle perçoit la voix de Shirley... puis plus rien. Black-out total. Le trou noir.

Lorsqu'elle se réveille dans la chambre d'hôpital, Shirley est assise à ses côtés, et David. Elle veut regarder sa montre et constate qu'on la lui a enlevée...

— Mais que s'est-il passé ? demande-t-elle d'une voix plus faible qu'elle ne l'aurait souhaité.

Avant d'entendre la réponse, elle sombre à nouveau.

— Madame... Y a-t-il quelqu'un qui puisse avoir intérêt à ce qu'il vous arrive quelque chose ?

L'homme qui lui parle en ces termes ne lui dit rien, Fiona ne le connaît pas. Elle ne sait pas si c'est un rêve ou la réalité, elle ferme les yeux. Et tombe dans un sommeil profond.

Nouveau réveil, elle est dans sa chambre, dans son appartement. David est là, et Shirley. Elle ne voit pas Janus – pourquoi pense-t-elle à lui ? – et s'en inquiète.

— Vous savez où il est.... Janus... Il faut l'appeler, et lui dire... il sait que j'ai eu un accident ?

— Shtttt..., fait Shirley au bord des larmes. Il faut te reposer, ma petite maman.

Mais que s'est-il passé ?

— Tu as failli mourir, Fiona... Tu as été à moitié renversée par une voiture et si ta fille n'avait pas été là, par miracle, pour te tirer en arrière... tu y serais passée.

— Mais c'est un accident...

— La police croit qu'on a essayé de te tuer...

— Ils voient le mal partout...

Deux jours après l'accident, Shirley vient chercher Fiona pour l'emmener déjeuner. « Elle doit sortir le plus vite possible, a dit l'interne qui s'est occupé d'elle. Se retrouver dans la rue, au milieu du monde, du bruit, et surtout des voitures… Sinon, elle risque de développer des phobies, et alors là… » En passant dans l'entrée pour rejoindre sa fille, Fiona, relativement en forme malgré quelques courbatures et l'étrange impression de ne pas trop savoir où elle est, aperçoit deux boîtes de beignets et un bouquet de fleurs. Janus, pense-t-elle, et en même temps lui vient l'idée que, gardée comme elle l'était par les deux cerbères que sont David et sa fille, il n'a pas dû avoir beaucoup de chances de l'approcher. Pas plus mal… de toute façon, elle dormait.

Shirley l'attend à la porte et un taxi les emmène au MOMA.

— J'ai réservé au Terrace 5. Je sais que tu aimes bien et… si c'est trop long ou si tu es fatiguée, c'est facile de rentrer.

En arrivant au restaurant, elles reconnaissent la fille qui les a servies la dernière fois. Fiona remarque qu'elle est enceinte et elle sourit. Elle a toujours eu une affection particulière pour les femmes enceintes. La jeune femme se dirige vers elles et les installe à une table un peu à l'écart.

— Écoutez, je finis mon service, là… c'est ma collègue qui va s'occuper de vous, mais…

La fille tourne la tête à droite et à gauche pour voir si personne ne l'observe. Puis elle se penche vers Fiona :

— Méfiez-vous de Janus. Il va trop loin. Il ne sait plus ce qu'il fait.

En entendant le nom de son amant prononcé par une autre femme, le visage de Fiona se durcit et elle scrute la serveuse.

— Mais qui êtes-vous pour parler comme ça ?

— Méfiez-vous, c'est tout…

Et avant de s'éclipser, la fille pose sur la table devant Fiona la chaîne avec la petite croix en or, celle qu'elle a offerte à Janus et qu'il avait promis de porter, à la vie, à la mort.

— C'est quoi, ce truc ? demande Shirley, qui n'y comprend rien.

— À mon avis, c'est la fin d'une histoire.

★

★ ★

C'est au bar du Four Seasons (bondé) que Fiona a donné rendez-vous à Janus. Avant qu'il arrive, elle commande une Caïpirinha… et un Screwdriver pour lui. Dans sa poche, ses doigts jouent avec la chaîne et la petite croix. Elle se demande ce qui va encore bien pouvoir lui tomber dessus. Elle a une imagination féconde mais là, franchement… elle ne voit pas.

— Helloooo ! s'exclame Janus en l'embrassant rapidement sur les cheveux, avant de se laisser tomber dans le fauteuil en face d'elle. C'est amusant de se retrouver ici, tu te souviens, c'est là que je t'ai donné rendez-vous, la première fois.

Et c'est peut-être aujourd'hui la dernière, songe Fiona, avec au ventre une boule de rage et le sentiment d'un terrible gâchis. À moins qu'il ne soit capable de lui donner, pour le fait que cette fille ait en sa possession le cadeau qu'elle lui a fait, une explication qui tienne la route… ce dont elle doute.

— Je suis content de te voir, dis donc… Tu étais injoignable et quand je suis passé chez toi il y avait…

Janus s'interrompt et observe Fiona avec attention.

— Tu ne m'écoutes pas, Fiooona… Qu'est-ce qu'il y a, ça ne va pas ? On dirait que tu es tendue, dit-il en lui prenant les mains pour tenter de les masser.

Fiona retire ses mains et les pose à plat sur la table. Ce qu'elle a à dire n'est pas facile.

— En effet, ça ne va pas, Janus.

Elle plonge ses yeux dans ceux du garçon.

— Je veux que tu me dises... Est-ce que tu vois une autre femme ?

Posant le cocktail qu'il était en train de siroter, Janus éclate de rire. Mais qu'est-ce qu'ils ont, tous ces hommes, à se marrer dès qu'on leur parle de choses sérieuses ?

— Et comment voudrais-tu, tu peux me le dire ? Entre toi, mes cours et les heures sup' que je me colle en tant que chauffeur... où trouverais-je le temps de voir une autre femme ?

— Merci...

Janus la regarde sans comprendre.

— Oui, je dis merci... Tu aurais pu dire que tu ne voyais pas une autre femme parce que tu étais amoureux de moi, par exemple, *ça*, ça aurait été une bonne réponse, tu vois. Mais dire que tu n'as pas le temps...

— Je plaisantais... Dis donc, tu n'es pas dans ton assiette, mon ange...

Fiona finit sa Caïpirinha et se met à croquer les glaçons.

— Donc, tu ne vois personne...

— Hé, ho ! Ça va, cet interrogatoire, oui ? Je ne viens pas ici pour me faire engueuler ! s'énerve Janus.

Sa voix prend des intonations gouailleuses que Fiona ne lui connaissait pas, et qui lui déplaisent. Elle glisse sa main dans sa poche tout en fixant son compagnon et en sort la chaîne en or qu'elle pose devant lui. En reconnaissant le bijou, Janus porte la main à son cou d'un geste machinal et son visage pâlit.

— Alors comment expliques-tu que je me retrouve en possession de *ça* ? Tu étais censé ne pas le quitter, je te rappelle...

— Je ne sais pas, je... J'ai dû l'oublier chez toi...

Il est incroyable ! Acculé, ce type continue de mentir !

— Ne te fatigue pas, Janus. C'est la serveuse du MOMA qui me l'a donné, une fort jolie fille, d'ailleurs, enceinte... Elle m'a aussi dit de me méfier de toi. Alors...

Fiona regarde Janus droit dans les yeux. Ce qui n'est pas un exercice facile, les yeux du garçon fuyant dans tous les sens pour échapper à son destin.

— Tu veux vraiment savoir ?

— Oui.

— Tu ne vas pas aimer, tu sais...

— Je n'aime déjà pas...

— Très bien, tu l'auras voulu. Cette fille s'appelle Deborah, et c'est ma femme.

Le choc plaque Fiona au fond de son fauteuil, mais elle prend sur elle pour ne pas interrompre Janus sur sa lancée.

— Elle vit avec moi dans le studio...

— Celui que *je* paie ? ne peut s'empêcher de s'indigner Fiona, un peu trop fort pour ne pas être entendue des tables voisines.

Janus hoche la tête d'un air contrit... et résigné. Comme s'il n'avait pas eu le choix.

— ... et nous allons avoir un bébé. Voilà. Tu as voulu savoir, eh bien maintenant, tu sais.

— Mais tes études ? demande Fiona, qui ne sait vraiment pas quoi dire d'autre.

— Il n'y a pas d'études. Pour revenir à une expression que tu aimes bien, où trouverais-je le temps ? Je suis chauffeur, Fiona, c'est mon métier. Debbie est serveuse. Et nous allons avoir un bébé et...

— Le chèque, les 15 000 dollars que je t'ai donnés pour t'acheter du matériel ? Qu'est-ce que tu en as fait ?

Janus hausse les épaules.

— Il faut bien vivre, tu sais, ma chère...

— Ça porte un nom, tu sais, Janus. Le petit métier que tu fais..., tonne Fiona, furieuse contre lui, et surtout contre elle-même.

Se faire avoir par un gigolo ! Mais quelle conne ! Et quelle honte ! Fiona en tremble de rage.

— C'est la crise, il faut bien s'arranger comme on peut..., poursuit Janus, d'une indifférence quasi médicale.

La gifle part toute seule, sonore, et il l'encaisse sans broncher.

— Je suppose que je l'ai mérité.

— Dégage ! Tu as la soirée pour vider le studio et me rendre les clés, de toute façon je ne paie plus le loyer.

Janus se lève sans autre forme de procès et s'apprête à partir sans la saluer. Elle le retient par le poignet.

— Et s'il te prenait de nouveau l'envie de m'écraser, sache que j'ai fait annuler l'assurance vie.

— Ce n'était pas moi, dans la voiture. C'était elle.

Sur ces mots, il tourne les talons et sort du bar à toute allure. Pressé de mettre le plus de distance possible entre lui et cette histoire.

— Excusez-moi, madame, je termine mon service. Serait-il possible d'encaisser vos consommations ? dit le barman en s'approchant de Fiona.

Un air qu'elle a déjà entendu. Fiona s'apprête à sortir son porte-monnaie de son sac, quand son geste est interrompu par une voix connue.

— Non. C'est moi qui les réglerai. Et remettez-nous deux Caïpirinha, s'il vous plaît. Je peux ? demande David en s'asseyant dans le fauteuil que vient à peine de quitter Janus.

Fiona lui sourit. Cet homme est providentiel. Toujours là pour lui offrir un bras et une épaule secourables, aux moments où elle se sent prête à s'effondrer.

— J'ai réfléchi à ce que tu m'avais demandé, tu te souviens, au sujet de ma maison des Hamptons. Je ne peux vraiment pas te la donner...

Fiona est sur le point de dire quelque chose, mais David pose un doigt sur ses lèvres.

— Ne dis rien. Laisse-moi finir, pour une fois que j'ai décidé de parler.

Il prend ses mains dans les siennes et la regarde.

— Fiona, cette maison, je te la donne. En… euh…

Pris d'une quinte de toux, il boit une gorgée de son cocktail glacé.

— En cadeau de mariage.

— Mais d'où sors-tu que je vais me marier ? demande Fiona, n'y comprenant rien.

— Ah bon, tu ne veux pas ?

Et David part d'un grand éclat de rire. Puis, rougissant, il prend dans la poche de sa veste un petit écrin de chez Harry Winston d'où il sort un diamant jonquille gros comme l'ongle du pouce. Fiona a de petits pouces, mais quand même ! Et pose la bague devant Fiona.

— Alleeeeez !

Elle le regarde, médusée.

Et c'est comme ça qu'un mois plus tard, Fiona et David, son amoureux de toujours, se retrouvent mariés. Ce n'était pas si compliqué, quand même !

⋆

⋆ ⋆

Fiona, un an plus tard.

Je suis heureuse avec David. Nous vivons à moitié à New York, à moitié dans sa – enfin, ma, puisqu'il me l'a vraiment donnée – maison des Hamptons. Après une tentative de quelques mois dans la Lifespan Expanding Villa, nous avons décidé de la vendre. Le côté salle de motricité géante pour nains, trop peu pour nous ! Tant pis, nous vieillirons, comme tout le monde… mais dans un environnement agréable. Pourquoi se pourrir la vie sous prétexte de la rallonger ? C'est un peu idiot, comme calcul.

Shirley et Keith ont décidé de se marier, eux aussi. Je crois que Shirley est enceinte, et que je vais être grand-mère. Grand-mère à quarante-huit ans… décidément, ma fille n'en loupe pas une pour me rappeler mon âge.

Quant à Janus, aucune nouvelle. Ah, si ! Je l'ai aperçu l'autre jour au Metropolitan au bras d'une vieille. Une vraie, *pour le coup. Et… je n'en mettrais pas ma main au feu, mais je crois que lui aussi, il m'a vue. Et qu'il m'a fait un clin d'œil !*

Dans la collection Girls in the city chez Marabout :

Embrouilles à Manhattan, Meg Cabot
Mes amants, mon psy et moi, Carrie L. Gerlach
Sexe, romance et best-sellers, Nina Killham
Et plus si affinités, Amanda Trimble
Projection très privée à Tribeca, Rachel Pine
Mariage mania, Darcy Cosper
Mariage (en douce) à l'italienne, Meg Cabot
L'ex de mes rêves, Carole Matthews
Divorce à petit feu, Clare Dowling
Un bébé made in L.A., Risa Green
Une maman à L.A., Risa Green
Le Prince Charmant met de l'autobronzant, Ellen Willer
Cleptomania, Mary Carter
Happy end à Hollywood, Carole Matthews
Sexe, amitié et rock n' roll, A.M. Goldsher
Ma vie privée sur Internet, Carole Matthews
Plaquée pour le meilleur, Clare Dowling
Bimbo mais pas trop, Kristin Harmel
Le Prince Charmant fait péter l'audimat, Ellen Willer
Double Jeu, Emma Lewinson
En finale de Fame Game, Carole Matthews
Arnaque à l'amnésie, Caprice Crane
Ma vie de star est un enfer, A.M. Goldsher
Blonde létale, Kate White
Un break pour Kate, A.M. Goldsher
The boy next door, Julie Cohen
Cinq filles, trois cadavres, mais plus de volant, Andrea H. Japp
Une petite entorse à la vérité, Nina Siegal
Hot, Julia Harper
Cocktails, Rumeurs et potins, Marisa Mackle

Girls in the city

Chère lectrice

Merci d'avoir choisi ce Girls in the city
pour passer un moment agréable.
Mais savez-vous que Girls in the city, c'est une nouvelle comédie
tous les mois pour faire le plein d'intrigues pleines d'humour,
parfois policières, pour entrer dans les coulisses de la mode,
du cinéma, de la téléréalité, des magazines people ?
Parce qu'on a toutes en nous quelque chose de Bridget,
retrouvez-nous chaque mois chez votre libraire préféré !

EMBROUILLES À MANHATTAN
Meg Cabot

Fandesleaterkinney : *Qu'est-ce que tu fous ?*
Katylafait : *Je BOSSE. Et arrête de te connecter sur ma messagerie instantanée pendant les heures de travail, tu sais que la RATT n'aime pas ça.*
Fandesleaterkinney : *La RATT peut crever. Et tu ne bosses pas. Je te rappelle que je vois ton bureau du mien. Tu es encore en train de rédiger une de tes fameuses listes. À faire, hein ?*
Katylafait : *Même pas vrai ! Je réfléchis seulement aux multiples échecs et aux innombrables erreurs de jugement qui semblent avoir constitué ma vie jusqu'à présent.*
Fandesleaterkinney : *Tu n'as que vingt-cinq ans, crétine ! Tu n'as même pas encore commencé à vivre.*

MES AMANTS, MON PSY ET MOI
Carrie L. Gerlach

Règle n°1 : *Ne jamais sortir avec son boss.*
Règle n°2 *: Se méfier des promesses faites un soir de pleine lune sur plage déserte ; elles ne survivent jamais au voyage du retour.*
Règle n°3 *: S'il vit encore chez ses parents, il y a de fortes chances pour qu'il vous prenne pour sa mère et qu'il vous réclame de l'argent de poche.*
Ce roman drôlissime vous fera économiser les frais d'une épuisante et interminable analyse chez votre psy favori !

SEXE, ROMANCE ET BEST-SELLERS
Nina Killham

Décoiffé, la chemise déchirée, les chaussures dégoulinantes de boue, il était appuyé contre le bureau du commissariat de Venice Beach. Depuis des années, les femmes essayaient de le séduire. Et depuis des années, malgré leurs efforts vraiment héroïques, elles échouaient. Les conséquences prenaient même parfois des proportions insoupçonnables pour certaines d'entre elles : spasmes musculaires, crises cardiaques, blessures provoquées par des tirs croisés. Mais c'était la première fois que quelqu'un en mourait.

— Profession ? demanda le brigadier.

— Auteur de romans d'amour.

ET PLUS SI AFFINITÉS
Amanda Trimble

Ah ! Au secours ! Mais c'est quoi cet… ?

En passant devant le kiosque de Lincoln Park, j'attrape mon magazine préféré et là, je me sens mal. Cramponnée au *City Girls* qui est quand même l'hebdomadaire le plus lu de Chicago, je lis, écrit en énorme : « Un agent très spécial dévoile tout. » Mais ce n'est pas tout car sous le titre, on voit une paire de fesses en gros plan. La poisse ! Dites moi que j'hallucine… Non, c'est bien moi.

Comment gagner sa vie quand on est jolie, pressée et dingue de fringues ? Victoria Hart a trouvé la solution en devenant « agent très spécial », sorte d'entremetteuse de charme. Ne le dites surtout pas à sa mère…

PROJECTION TRÈS PRIVÉE À TRIBECA
Rachel Pine

Tout juste embauchée par une puissante maison de production cinématographique, Karen pense enfin vivre son rêve. Située à Tribeca, le nouveau quartier à la mode de Manhattan, cette maison est aux mains de Phil et Tony Waxman, des jumeaux sans scrupules.

Karen saura-t-elle résister et garder la tête sur les épaules ? Ou devra-t-elle partir si elle tient à sauver son âme ?

Une plongée hilarante et époustouflante dans le monde sans pitié des producteurs de cinéma.

MARIAGE MANIA
Darcy Cosper

17 mariages en 6 mois ! Malgré son aversion épidermique pour l'institution, Joy, 30 ans, ne peut échapper à ces invitations. Mais le plus important est que le garçon avec lequel elle vit depuis 18 mois, Gabriel, partage son point de vue : aucun des deux ne souhaite se marier.

Non, ça, jamais !

Au cours des 6 mois qui vont s'écouler, Joy pourra-t-elle concilier ses convictions les plus profondes avec l'affection qu'elle éprouve pour ceux de ses amis ou de sa famille qui s'engagent ? Son couple supportera-t-il les épreuves ?

Une comédie new-yorkaise décapante et drôlissime.

MARIAGE (EN DOUCE) À L'ITALIENNE
Meg Cabot

Que feriez-vous si votre meilleure amie partait se marier en douce en Italie ? Et si vous décidiez de tenir le livre de bord de cette fugue romantique alors que le témoin de son futur mari est un journaliste prétentieux, égoïste et, par-dessus le marché, opposé à cette union ? Si vous deviez faire avec lui le voyage jusqu'à un village isolé des Marches ? Que, cerise sur le gâteau, vous étiez contrainte et forcée de passer les quelques jours précédant la noce avec cet insupportable snobinard terrorisé à la vue d'un chat ?

Une comédie absolument moderne, résolument décapante et connectée *via* Internet.

L'EX DE MES RÊVES
Carole Matthews

Comment garder le sourire quand on vient de se faire plaquer pour une bimbo affublée d'un 90 D ? Josie décide de faire bonne figure en se rendant au mariage de sa cousine à New York, la capitale des célibataires ! Mais saura-t-elle résister à un futur ex-mari qui ne veut plus divorcer ? D'autant plus qu'elle a rencontré un séduisant journaliste spécialiste de rock'n'roll dans l'avion pour New York... Et comment préviendra-t-elle le jeune marié que sa femme vient de s'enfuir avec son ex-petit ami ? Et si, grâce à John Lennon, tout se terminait bien ?

Une comédie romantique et désopilante avec des personnages attachants et des scènes hautes en couleur.

DIVORCE À PETIT FEU
Clare Dowling

À peine mariée, Jackie quitte Henry sur un coup de tête et croit trouver en Dan l'Homme à épouser. Et s'il suffisait de divorcer ? Mais ce qui devait être une pure formalité s'éternise et devient chaotique. D'autant plus que l'avocate de Jackie finit par coucher avec l'avocat de la partie adverse, que sa copine, complètement coincée, se découvre une passion sexuelle irrépressible pour un Polonais, et que sa sœur se retrouve enceinte de jumeaux après une nuit bondage passée entre les bras d'un juge sexagénaire…

Une comédie à l'anglaise, excentrique et déjantée.

UN BÉBÉ MADE IN L.A.
Risa Green

Et si Andrew avait raison ? Et si je n'étais pas prête pour avoir un enfant ? Je m'empare d'une feuille de papier et trace 2 colonnes :

Contre le bébé :
Je vais devenir grosse.
Je vais mettre des vêtements de grossesse.
Je ne suis pas faite pour devenir mère.

Pour le bébé :
Suis encore jeune : plus facile de maigrir après.
Habits de bébé, surtout de fille !!!!!

Bon. Ma liste a l'air bancal sans le dernier « pour ». Je ne vais pas trop forcer. Je trouve que j'ai déjà bien avancé pour ce soir.

Une comédie vivante, drôle et sarcastique, calée sur les 9 mois de grossesse de l'héroïne.

UNE MAMAN À L.A.
Risa Green

Très bien. Je vais réussir à le déclarer ouvertement : c'est chiant d'avoir un bébé et ça ne ressemble en rien à ce que j'avais imaginé.

Je sais ce que vous pensez. Vous vous dites : qu'y a-t-il de si horrible ? En quoi est-ce pénible à ce point ? D'accord. Premièrement, il y a le manque absolu de sommeil. Sans compter qu'il faut lui donner le sein. Mais ce n'est pas tout. Il y a pire que pleurer, se lever la nuit, avoir des seins douloureux et être dans l'incapacité de régler les heures de tétées. Quand vous avez un bébé et que par malchance vous en êtes la mère, la vie s'arrête brutalement. « Vous » n'existe plus. Il n'y a plus de « nous ». Il y a le bébé et, tout simplement, plus rien d'autre n'existe. Et ma vie de femme dans tout ça ?

La suite de *Un bébé made in L.A.*

LE PRINCE CHARMANT MET DE L'AUTOBROZANT
Ellen Willer

Il s'appelle Frantz, il est grand et il est beau. On le dit riche, intelligent et bien élevé. C'est le célibataire dont toutes les femmes rêvent. Dans l'émission de télé-réalité produite par Emmanuelle, il va devoir faire son choix entre dix candidates au mariage.

Qui séduit qui ? Qui court après qui ? Qui trahit qui ? Producteurs sans scrupules, paparazzis, palaces de la côte d'Azur et plateaux TV donnent un rythme d'enfer à ce roman drôle et percutant. Plus vrai que nature, il nous plonge dans un monde cynique et fascinant, en plaçant la caméra là où on ne l'attend pas : en coulisses.

Les coulisses d'une émission de télé-réalité comme si vous y étiez.

CLEPTOMANIA
Mary Carter

« Je, soussignée Melanie Zeitgar, saine de corps (moins sept kilos) et d'esprit, m'engage à : ne plus jamais voler*.
* Exceptions : ruptures, gain de poids, perte d'emploi, auditions ratées, auditions réussies après lesquelles personne ne me rappelle, factures de Carte Bleue élevées, caries, traumatisme lié à l'utilisation d'un menu de téléphone automatisé, visite-surprise d'un tueur en série ou d'un cambrioleur, visite-surprise de ma mère ou de Zach, pas de visite ni de coup de fil de AMVM (l'Amour de Ma Vie du Moment) – c'est-à-dire Ray. »

Melanie Zeitgar, 29 ans, vit à New York et rêve de devenir actrice. Entre les petits boulots humiliants et les castings de pub, elle cache un lourd secret : elle est cleptomane. La rencontre avec le beau et célèbre Greg donnera-t-elle un nouveau sens à sa vie ?

Les aventures abracadabrantes d'une cleptomane dans la Grande Pomme.

HAPPY END À HOLLYWOOD
Carole Matthews

« Je sais précisément à quel moment je suis tombée amoureuse. À quel endroit aussi. Au Salon du livre de Londres. Je me souviendrai éternellement de l'heure exacte : 15 h 45.
Si je n'ai aucune idée de qui il est, ou pas encore, je suis déjà mordue, folle amoureuse de lui. Il y avait bien longtemps que je n'avais pas ressenti de tels picotements dans tout le corps.
J'ai également des fourmis dans les pieds mais cette sensation provient sans doute davantage de mes chaussures et d'un oignon naissant que de la flèche de Cupidon. »

Lorsqu'elle rencontre Gil, un riche producteur hollywoodien, Sadie se dit qu'il est temps de changer de vie. Mais à peine arrivée sur Sunset Boulevard, elle enchaîne les désillusions…

Une héroïne parachutée dans l'univers d'Hollywood avec ses bimbos aux dents longues et ses vieilles stars déchues.

SEXE, AMITIÉ ET ROCK'N'ROLL
A.M. Goldsher

Meilleures amies depuis l'enfance, Naomi et Jenn partagent la même passion pour la musique. Elles décident de tenter leur chance à Manhattan en jouant dans des clubs. Très vite, le groupe qu'elles ont formé avec Travis et Franck est remarqué par un label qui les prend en main : conseillers en tous genres, relooking, plans promo, passages télé, photos… tout s'enchaîne à un rythme d'enfer. Mais le succès a un prix : tensions, rivalités, mensonges… Naomi saura-t-elle tirer son épingle du jeu sans y perdre son âme ?

L'ascension fulgurante d'un groupe de musique qui catapulte l'héroïne dans le monde des célébrités.

Une comédie rock'n'roll dans un univers électrique.

MA VIE PRIVÉE SUR INTERNET
Carole Matthews

Le jour où Emily découvre que son petit copain a mis sur Internet une photo d'elle nue, dans une position ridicule et coiffée d'un chapeau de mère Noël, elle pense que rien de pire ne peut lui arriver. Erreur, les ennuis ne font que commencer : Emily perd son travail, sa maison, son boy-friend, devient la risée de tous et la cible des paparazzis. Jusqu'à ce qu'elle rencontre un photographe qui lui propose de tirer profit de la situation… Ce qui lui semble être la fin du monde n'est en fait que le début d'une meilleure vie.

Un roman drôle, riche en rebondissements et coquin juste comme il faut !

PLAQUÉE POUR LE MEILLEUR
Clare Dowling

Comment ne pas se laisser abattre alors qu'on s'est fait plaquer par celui qu'on croyait depuis toujours l'homme de sa vie ? C'est la question que se pose Judy, 30 ans et des poussières. Alors qu'elle s'apprête à vivre « le plus beau jour de sa vie », la nuit précédant le mariage, Barry, son futur mari, disparaît sans laisser de trace. Le mariage est annulé.
Où trouver un peu de réconfort dans un moment pareil ? Auprès de ses amis, de sa famille ? Ou mieux, auprès du séduisant Lenny, un vieil ami de Barry parti vivre en Australie et qui a la réputation d'un tombeur ? Et si le bonheur était à ce prix...

Une comédie drôle et enlevée où l'héroïne voit son image traditionnelle du « bonheur »... comment dire... légèrement bousculée !

BIMBO MAIS PAS TROP
Kristin Harmel

Belle, intelligente et drôle, Harper, 35 ans, a tout pour elle. Tout sauf quelqu'un qui l'aime. Depuis que Peter l'a quittée, elle a bien rencontré des garçons mais tous ont fini par s'enfuir. Et si elle était trop brillante, trop impressionnante ?
Harper et ses trois meilleures amies décident de mettre au point un plan pour en avoir le cœur net : le plan Bimbo. Le jeu consiste à enchaîner les rendez-vous pendant quelques semaines travestie en blonde idiote afin de voir si les hommes réagissent différemment. Les paris sont lancés !

Encore une histoire de blonde idiote qui rigole pour un rien et bat des cils en posant des questions stupides ? Pas vraiment ! Plutôt une comédie qui ne se termine pas par un classique : « Ils se marièrent et eurent beaucoup d'enfants ! »

LE PRINCE CHARMANT
FAIT PÉTER L'AUDIMAT
Ellen Willer

Frantz est de retour. Emmanuelle, la trentaine séduisante, est à ses côtés. Chargée de tourner une fiction adaptée d'une série américaine à succès, elle l'entraîne dans son tourbillon : stylisme, décors, scénaristes, comédiens... tous les ingrédients pour faire exploser l'audimat. Et pourtant...
Pour compliquer encore les choses, lors d'un séjour à New York, elle tombe dans les bras d'un très jeune homme...
Entre Paris et New York, une comédie drôle et enlevée qui dévoile les dessous d'une série télé. Du casting à la diffusion, de l'écriture au tournage, des coulisses au plateau, les histoires d'amour, les ruptures, les trahisons, sous le regard amusé des paparazzis.

Le nouvel épisode très attendu des aventures de Frantz, le plus irrésistible des princes charmants.

DOUBLE JEU
Emma Lewinson

« Dis donc, c'est vraiment le prince charmant ton mec ! Tu me le présentes quand ? »
Quand Emma rencontre Mark, elle le trouve tellement parfait qu'elle ne peut s'empêcher d'en vanter les mérites à Candice, sa meilleure amie : Mark est tellement beau, tellement attentionné, tellement talentueux… tellement la perle rare. Candice, un poil jalouse, finit par trouver, elle aussi, chaussure à son pied…
Et si Candice avait juste piqué le fiancé de sa meilleure amie ?
Et si Candice, pharmacienne, approvisionnait Emma en antidépresseurs pour la rendre K.-O. ? Et si elle avait un plan machiavélique en tête ?

Une intrigue à l'humour acéré où le suspense prend vite le pas sur la comédie.

ARNAQUE À L'AMNÉSIE
Caprice Crane

À 25 ans, Jordan n'aime pas sa vie. Si elle a tout pour elle, elle manque de confiance et d'amour propre. Au travail, sa supérieure hiérarchique lui vole ses idées et sa promotion n'arrive jamais. Dirk, son petit ami, la trompe mais là encore, elle se tait. Sa mère et sa sœur sont unies contre elles, lui faisant sentir qu'elle n'est que la fille d'un premier mariage. Jordan rumine tout cela sans trouver de solution. Jusqu'à ce qu'elle se fasse renverser par une voiture. Elle décide alors de feindre l'amnésie. Une nouvelle vie commence pour elle…

Feindre l'amnésie pour tout recommencer à zéro, voilà un sujet fascinant qui permet toutes les fantaisies !

EN FINALE DE FAME GAME
Carole Matthews

Fern, 35 ans a une voix sublime mais n'a pas encore trouvé le moyen d'en vivre. Serveuse dans un pub, elle y joue deux soirs par semaine avec un guitariste, Carl. Elle cumule les petits boulots jusqu'à ce que Carl, fou amoureux d'elle, lui trouve une mission d'intérim en tant qu'assistante… d'un grand chanteur d'opéra, Evan. Sans le lui dire, Carl envoie leur candidature au jeu télévisé Fame Game, qui chaque année découvre une nouvelle star. Parachutée dans un monde d'ados formatés aux présélections, Fern passe avec succès toutes les sélections, dont un membre du jury n'est autre qu'Evan…

Une comédie riche, dynamique et drôle avec la rencontre de deux univers que tout sépare, l'opéra et la pop.

MA VIE DE STAR EST UN ENFER

A.M. Goldsher

Tout s'est enchaîné très vite pour Naomi et Jenn : à peine remarquées par un label, leur groupe s'est retrouvé propulsé en tête des charts. Difficile de garder la tête sur les épaules lorsqu'on est catapulté dans le monde des célébrités. Tandis que Naomi plaque tout pour aller vivre sur la côte ouest, Jenn décide de suivre une carrière en solo. Harcelée par les paparazzis, épuisée par les tournées, elle craque. D'autant plus que son dernier album a connu un succès mitigé et qu'elle ne sait plus trop sur qui elle peut compter. Heureusement, le fantôme de Billie Holiday va jouer le rôle de la bonne étoile...

L'envers du décor ou la vie pas tous les jours rose d'une pop star.

BLONDE LÉTALE

Kate White

Tout avait commencé par une coïncidence. Pas une de ces coïncidences glaçantes qui vous donnent l'impression que quelqu'un vient de piétiner votre tombe. En fait, je me suis par la suite rendu compte que l'appel téléphonique que j'avais reçu cette nuit-là, à la fin de l'été, n'était pas si imprévisible que cela. Mais, sur le coup, il m'avait laissée sans voix. Et, bien entendu, il marqua le début d'une série d'événements atroces...

Une comédie doublée d'une énigme policière, avec des suspects et des mobiles à foison, et un suspens qui vous tiendra en haleine jusqu'à la dernière page...

UN BREAK POUR KATE
Carole Matthews

Kate, 35 ans, mène une vie de femme au foyer qui frise la perfection. Son mari occupe son temps libre entre le jardinage et le golf, ses enfants sont des modèles d'équilibre alimentaire et son souci du jour est de savoir quand faire son repassage... Kate n'a aucune raison de se plaindre mais elle commence à se lasser de cette vie trop parfaite. Son mari lui propose de se prendre un week-end pour elle toute seule. Relevant le défi, elle s'inscrit à un séminaire de taï chi et entraîne son amie Sonia avec elle. Mais faire le point n'est pas facile, surtout quand on trouve le prof de taï chi très très séduisant...

Enfin une comédie brillante sur la lassitude de la femme au foyer ! Pour ne plus jamais associer *desperate* à *housewife* !

THE BOY NEXT DOOR
Julie Cohen

Le lendemain matin, j'ai ouvert les yeux. J'avais mal à la tête. Très mal. Ma table de chevet m'est apparue clairement. Sur le dessus était posée une bouteille d'alcool que j'avais achetée un an plus tôt pendant des vacances à Naxos, et qui était restée pleine aux trois quarts depuis onze mois. Elle était vide. Un souvenir me chatouillait l'arrière de la migraine. J'avais travaillé au pub et rencontré cet homme. Et puis... la nuit dernière... Ce n'est qu'en vidant le contenu de la poubelle de la cuisine par terre, assise parmi les peaux de banane, le marc de café et les emballages de fromage que j'ai dû admettre l'inévitable conclusion. J'avais couché avec un homme qui ressemblait à une star des années 1980 sans utiliser de préservatif.

Ou comment l'histoire d'une nuit peut bouleverser une vie...

CINQ FILLES, 3 CADAVRES
MAIS PLUS DE VOLANT
Andrea H. Japp

Cinq copines partagent depuis toujours leurs déboires professionnels et sentimentaux : Emma la blonde pulpeuse en mal d'enfant, Nathalie la mère au foyer qui vient de se faire plaquer, Hélène la tête chercheuse qui a fait de son absence de diplomatie une arme redoutable, Charlotte la psy qui finit toujours par coucher avec le plus gratiné de ses patients, et enfin Juliette, l'esthéticienne qui dorlote une clientèle masculine triée sur le volet.
Le jour où Charlotte découvre un cadavre enchaîné au volant de sa voiture, elle panique et appelle immédiatement ses amies à la rescousse. Très vite, elles échafaudent un plan mais se retrouvent prises dans des histoires qui les dépassent largement, d'autant plus que d'autres cadavres s'en mêlent et que le premier a disparu…

Quand la reine du crime s'attaque à la chick-lit, autant dire qu'on s'amuse drôlement et qu'on tourne les pages aussi vite qu'on engloutit un macaron ? !

HOT
Julia Harper

« Turner observa toute cette agitation autour d'elle, ces gens qui parlaient, discutaient en essayant de prendre un air important. Elle se dit que ce serait le moment idéal pour un braquage. Elle jeta un coup d'œil à la caméra de surveillance qui enregistrait tous les mouvements à l'intérieur de la banque. Puis elle se dirigea tranquillement jusqu'au grand bureau en bois imitation acajou de Calvin et ouvrit le tiroir central. Là, juste en plein milieu, apparut une enveloppe rouge dans laquelle était rangée la clé du coffre. Elle la regarda. Elle n'aurait plus jamais une occasion pareille. Elle le savait parce que cela faisait quatre ans qu'elle attendait cet instant. C'était à son tour de braquer la banque. »

Une souris de bibliothèque qui porte de fausses lunettes, qui aime les escarpins rouges très sexy et qui lit des romans de soft-porn, il n'en faut pas plus pour intriguer mais aussi troubler John MacKinnon, agent très spécial du FBI.

UNE PETITE ENTORSE À LA VÉRITÉ
Nina Siegal

« Pendant deux ans, j'avais été considérée comme une étoile montante du journalisme, débauchée à grands frais pour écrire des articles brillants dans la rubrique Style du journal. J'assistais alors à des galas fastueux, j'étais invitée à des soirées mondaines grouillant de célébrités, je foulais le tapis rouge des soirées de premières. J'avais accès aux coulisses de tous les événements les plus courus de la ville. Mais, à un moment, les choses avaient mal tourné, puis elles avaient empiré jusqu'à toucher le fond du fond. Au bout du compte, j'avais été mutée à la rubrique Nécro pour y finir mes jours au milieu des gratte-papier, des syndicalistes et autres fourmis sans identité. »

Valérie s'ennuie ferme depuis sa disgrâce jusqu'au jour où un appel énigmatique lui apprend qu'elle a commis une grave erreur dans la nécrologie d'un artiste très en vue. Alors qu'elle enquête dans le New York arty et branché de Soho, les ennuis commencent...

Pour l'éditeur, le principe est d'utiliser des papiers composés de fibres naturelles, renouvelables, recyclables et fabriqués à partir de bois issus de forêts qui adoptent un système d'aménagement durable.

En outre, l'éditeur attend de ses fournisseurs de papier qu'ils s'inscrivent dans une démarche de certification environnementale reconnue.

Photocomposition Nord Compo
Imprimé en France par Brodard & Taupin
N° d'impression : 52512
Pour le compte des Éditions Marabout.
Dépôt légal : juin 2009
ISBN : 978-2-501-06025-7
40-8132-9
Édition 01